내 안에 몬스터 있었다

형상준 현대 판타지 장편소설

초판 1쇄 찍은 날 | 2017년 1월 18일
초판 1쇄 펴낸 날 | 2017년 1월 25일

지은이 | 형상준
펴낸이 | 예경원

기획 | 위시북스
편집책임 | 박우진
편집 | 이즈플러스

펴낸곳 | 예원북스
등록번호 | 제396-2012-000132호
등록일자 | 2012. 7. 25
KFN | 제1-066호

주소 | 경기도 고양시 일산동구 호수로 646-24 위너스21 II 빌딩 206A호 (우)10401
전화 | 031-819-9431 팩스 | 031-817-9432
E-mail | yewonbooks@naver.com

ISBN 979-11-6098-009-7 04810
979-11-5845-442-5 (set)

※ 이 도서의 국립중앙도서관 출판시도서목록(CIP)은 서지정보유통지원시스템 홈페이지(http://seoji.nl.go.kr)와 국가자료공동목록시스템(http://www.nl.go.kr/kolisnet)에서 이용하실 수 있습니다.

내 안에 몬스터 있다

5

형상준 현대 판타지 장편소설

WISHBOOKS MODERN FANTASY STORY

내 안에 몬스터 있었다

CONTENTS

1장
호철, 3번을 흡수하다

3번이 게이트를 열었다.

그 말에 카페에 앉아 있던 혜원의 부하가 모두 벌떡 일어났다.

"게이트?"

"게이트를 열어?"

신의 교단은 게이트를 믿는 곳이다. 혜원의 부하들이 비록 그것에 회의적이라 해도 오랜 기간 신의 교단에 머문 이들이다. 그런 그들에게 3번이 게이트를 열었다는 것은 충격이었다.

그리고 놀란 것은 정민과 마리아도 마찬가지였다.

"게이트를…… 사람이 열어?"

"그게 말이 되는 거야?"

놀란 눈으로 서로를 보며 마리아와 정민이 중얼거렸다.

김호철이 바울을 향해 말했다.

"어떻게 된 일입니까?"

"우리도 어떻게 된 일인지 잘 모릅니다. 그저 내가 아는 것은 3번을 향해 공격을 하던 성십자 기사단과 무사시가 갑자기 열린 게이트를 통해 사라졌다는 것입니다."

바울의 말에 혜원이 놀라며 말했다.

"무사시 사마가?"

혜원의 중얼거림에 김호철이 그녀를 바라보았다.

"아는 사람이야?"

"일본에서 가장 유명한 능력자 중 한 명이니까요. 아주 강한 사람인데……."

바울이 혜원을 바라보았다.

"3번이 게이트를 열 수 있다는 것을 몰랐습니까?"

바울의 물음에 혜원이 고개를 저었다.

"몰랐어요."

"그럴 것이라 생각했습니다."

바울의 말에 혜원이 그를 바라보았다.

"그런데 진짜 게이트였나요?"

"크기가 작기는 했어도 게이트였습니다."

"하지만 게이트가 열리려면 마나 응집 현상이 있어야 하는데. 게다가 게이트가 갑자기 열릴 수 있는 것도 아니고."

혜원의 말에 정민이 고개를 저었다.

"바울 신부는 게이트가 자연스럽게 열린 것이 아니라 3번이 열었다 했어요. 그러니 일반적인 게이트가 열리는 것과는 다르겠죠."

그러고는 정민이 바울을 바라보았다.

"게이트가 열리려면…… 아!"

말을 하던 혜원이 무슨 생각이 났는지 고개를 끄덕였다.

"뭐 생각나는 거라도 있어?"

김호철의 물음에 정민이 바울을 바라보았다.

"게이트가 우리가 아는 것과 같았나요?"

"아니, 달랐네."

"크기도 작고 몬스터도 나오지 않았죠?"

"그걸 어떻게?"

크기가 작다는 말은 바울이 했지만 몬스터가 나오지 않았다는 말은 하지 않았다. 그런데도 그 게이트에 대해 아는 듯한 정민의 모습에 놀란 것이다.

정민이 의아해하는 사람들을 보며 말했다.

"게이트는 마나가 모여서 일정한 농도가 되면 열리게 돼요. 이 말은, 일정한 농도의 마나를 인위적으로 만들 수 있다면 게이트를 열 수 있다는 거죠."

정민의 말에 바울이 고개를 저었다.

"정민 형제의 말이 옳지만…… 그 일정한 농도의 마나를 만들어내려면 어마어마한 마나가 필요하네. 인간의 힘으로는 그런 마나를 만들어낼 수 없어."

"그건 바울 신부의 말이 옳아. 정민이 너도 게이트가 열릴 때 생기는 마나를 알잖아. 그 주위에 있는 것만으로 모든 능력자의 마나가 충만해질 정도의 어마어마한 마나…… 그 정도 마나를 인위적으로 만들어낼 수는 없어."

마리아의 말에 정민이 고개를 저었다.

"물론 그렇죠. 하지만……."

잠시 뭔가 생각을 한 정민이 잔에 물을 따랐다.

"이 컵이 게이트고 이 안에 든 물이 마나라고 치죠. 이 컵 크기의 게이트를 열려면 이 정도 마나가 필요해요. 하지만……."

스윽!

티스푼을 집은 정민이 컵에 든 물을 떴다.

"이 정도 게이트를 열기 위해서는……."

"이 정도 물, 아니, 이 마나만 있으면 된다?"

김호철의 중얼거림에 정민이 고개를 끄덕이고는 스푼을 입에 넣었다 뺐다.

"하지만 말이 쉽지 이것도 쉬운 일이 아니에요. 일단 마나라는 것이 한곳에 머물지 않아요. 공기처럼 퍼져 있지만……."

정민이 물 잔에 든 물을 단숨에 마시고는 컵에 뭔가를 담는 시늉을 했다.

"이렇게 한다고 해서 이 잔에 들어 있는 공기가 더 짙어지지는 않죠."

정민의 말에 바울이 뭔가 생각을 하다가 고개를 끄덕였다.

"그렇군. 그럼 3번은 마나를 한곳에 모을 수 있는 방법이나 능력을 찾았다는 건가?"

바울의 말에 정민이 고개를 끄덕이고는 말했다.

"3번이 게이트를 어떻게 열었는지도 중요하지만 지금 중요한 것은 3번이 한국에 왔고, 그가 게이트를 열 수 있다는 것이에요."

바울의 말에 김호철이 그를 바라보았다.

"3번이 열었다는 게이트가 몬스터도 나오지 않고 크기도 작았다면 그리 큰 문제가……."

말을 하던 김호철이 뭔가 생각이 났는지 눈을 찡그렸다.

"몬스터가 문제가 아니구나. 게이트는 모든 것을 삼켜 버리니…… 3번이 게이트를 이곳에 열면……."

게이트로 빨려 들어갈 것이다.

"그렇습니다. 그래서 황급히 이곳으로 온 것입니다."

바울의 말에 혜원이 코지로를 향해 고개를 돌렸다.

"경계하고 있는 분들에게 카페로 돌아오라 하세요."

혜원의 말에 코지로가 그녀를 바라보았다.

"3번이 한국에 있다면 주변을 경계하는 것이……."

"상대는 3번이에요. 호위분들의 실력으로는 희생만 생길 뿐이에요."

"알겠습니다."

코지로가 핸드폰을 꺼내 카페 인근에 퍼져 있는 호위대에 전화를 거는 것을 보던 김호철이 혜원을 바라보았다.

"3번의 숨겨진 능력이 게이트와 관련이 있지 않을까?"

"그건 아닐 거예요. 신의 교단은 게이트를 믿는 집단이에요. 3번이 게이트를 열 수 있는 능력을 가지고 있었다면 신의 교단의 주인이 되었을 것이니 그것을 감췄을 리가 없어요."

"그렇다면 3번의 능력은 아니라는 거네."

"네."

"게이트라……."

작게 중얼거린 김호철이 바울을 바라보았다.

"게이트가 열릴 때 마나가 모이는 느낌을 받았습니까?"

게이트가 열리려면 마나가 응축되는 시간이 필요하다. 그 순간을 알면 피할 수 있지 않을까 생각이 든 것이다.

"짧은 순간이었지만 느꼈습니다."

"그럼 그때 피하면……."

“그 순간이 너무 짧아서 느끼는 것과 동시에 게이트가 열렸습니다.”

“그럼…… 게이트가 열리기 전에 그 범위를 벗어날 수가 없겠군요.”

“그래서…… 당한 것입니다.”

침음을 흘리는 바울을 보던 김호철이 물었다.

“한국 SG에 보고했습니까?”

“한국에 오자마자 바로 이곳에 온 겁니다.”

바울의 말에 마리아가 전화기를 들었다.

“내가 신고할게요.”

마리아의 말에 고개를 끄덕인 김호철이 정민을 바라보았다.

“게이트 어떻게 열었을 것 같아?”

“그건 저도 모르죠.”

그런 이야기를 할 때 코지로가 굳은 얼굴로 혜원을 바라보았다.

“타마, 유노, 하치와 연락이 되지 않습니다.”

코지로의 말에 어느새 데스 나이트와 합체한 김호철이 혜원을 바라보았다.

밖에 있던 호위대 중 셋이 연락이 안 된다? 그 이유로 생각되는 건 3번뿐이었다.

"넌 여기 있어."
"어쩌려고?"
"3번이 노리는 건 너……."
라는 말을 하던 김호철에게 코지로가 소리쳤다.
"3번!"
고개를 돌린 김호철의 눈에 창밖을 손으로 가리키는 코지로가 들어왔다.
그의 시선을 따라가자 창밖에 서 있는 3번이 보였다.
"코지로! 혜원이를 지켜!"
외침과 함께 김호철이 급히 문 밖으로 나가려는 순간, 마리아가 그 손을 잡았다.
"잠깐!"
마리아의 말에 김호철이 그를 바라보았다.
"함정일 수 있어요."
"함정?"
마리아가 3번을 바라보았다. 3번은 그저 우두커니 서서 수정 카페를 보고 있었다. 분명 창문을 통해 안의 모습을 보고 있을 텐데도 그저 서 있는 것이다.
우당탕탕!
마리아와 사람들이 창밖을 보고 있는 사이 계단을 시끄럽게 내려온 박천수와 고윤희가 소리쳤다.

"3번이 왔다고?"

"그 잡놈의 새끼 어딨어!"

그들의 뒤로 천천히 내려오는 오현철과 박천만까지 행복 사무소 직원이 모두 내려오자 김호철은 마음이 든든했다.

창밖의 3번을 본 고윤희가 밖으로 나가려 했다. 그에 마리아가 급히 그녀를 잡았다.

"함정일 수 있어요."

마리아의 말에 고윤희가 피식 웃었다.

"똥 밟는데 발에 똥 안 묻기를 바라는 거야?"

마리아의 손을 밀어낸 고윤희가 문손잡이를 잡았다.

"자! 똥 치우러 가자!"

딸랑!

고윤희가 대차게 앞으로 나가는 것에 마리아가 한숨을 쉬고는 그녀의 뒤를 따랐고, 김호철과 다른 행복 사무소 직원들이 그 뒤를 이었다.

'고윤희 말이 맞다. 함정이고 뭐고 이것저것 생각하다가는 끝이 없어.'

그 생각과 함께 김호철이 앞으로 나서려 했다.

3번은 강하다. 그래서 자신이 상대를…….

"이 개자식아!"

챙! 파앗!

발검과 함께 고윤희가 3번을 향해 튀어 나갔다.

'헉! 빨라.'

자신이 나서기도 전에 고윤희가 뛰어나간 것이다.

그와 함께 박천수의 입에서 담배 연기가 길게 뿜어져 나갔다.

화아악!

박천수가 뿜어낸 검은 담배 연기가 낮게 깔리더니 밧줄처럼 꼬이기 시작했다. 그러고는 빠르게 3번의 발을 향해 움직였다.

그뿐 아니었다. 고윤희가 뛰어나간 것에 김호철만 미처 반응하지 못했을 뿐 마리아와 나머지 모두 각자의 능력을 발현해 3번을 향해 공격을 퍼붓고 있었다.

그리고 그중 발군은 단연 마리아였다.

새파랗게 불타오르는 불길을 몸에 두른 마리아는…… 말 그대로 '불'이었다.

화르륵!

어느새 3번의 뒤로 접근한 마리아가 거대한 불길을 뿜어냈다.

약속이라도 한 것처럼 순식간에 하나가 되어 전투를 준비하는 사무소 직원들의 모습에 김호철도 뒤늦게 몸을 움직였다.

화아악!

오거의 힘을 뜻하는 붉은 기운을 뿜어내며 어느새 해머를 손에 든 김호철이 고윤희의 뒤를 따랐다.

파앗!

사방에서 날아오는 공격에 3번의 손이 움직였다.

사사사삭!

3번의 손에서 날카로운 소리가 울림과 동시에 고윤희의 검이 하얗게 달아올랐다.

일류 고수의 상징, 검기가 솟구치는 검을 고윤희가 빠르게 휘둘렀다.

채채채채챙!

허공에서 마치 검이 부딪히는 듯한 소리가 요란하게 들려왔다.

그리고 그 충격에 고윤희가 허공에 뜬 채 뒤로 밀려났다.

탁!

그런 고윤희를 가볍게 받아 들며 뒤로 물린 김호철이 3번을 향해 다시 뛰었다.

파앗!

그사이 3번의 몸을 마리아의 화염이 감쌌다.

화르륵!

3번을 감싸며 3m 가까이 솟구치는 불의 기둥……. 그런데 타올랐다 싶은 순간, 3번이 불기둥을 뚫고 나왔다.

화아악!

'바람?'

3번의 몸을 회전하는 기류 같은 것이 불의 접근을 막는 것을 본 김호철이 땅을 박찼다.

파앗!

단숨에 3번의 앞으로 접근한 김호철이 해머를 휘둘렀다.

부웅!

그런 김호철의 공격에 3번의 몸이 솟구쳤다.

'날았다!'

순식간에 6m는 될 높이로 솟구친 3번이 지상에 있는 김호철 일행을 향해 손을 휘둘렀다.

사사사삭!

고윤희를 공격한 바람의 칼날이 쏘아져 왔다.

"골렘!"

외침과 함께 김호철의 몸에서 뿜어진 검은 뇌전이 하늘로 솟구쳤다.

파지직! 파지직!

골렘을 소환해 동료들을 향한 공격을 막은 것이다.

서걱! 서걱! 서걱!

골렘이 순식간에 난도질당하더니 뇌전이 되어 김호철에게

돌아왔다.

'미안하다.'

김호철의 눈에 마리아가 발에 불을 뿜어내며 3번을 향해 날아가는 것이 보였다.

'도와야 하는데.'

비행이 가능한 것은 마리아 혼자뿐이다. 가고일을 타고 날아도 되지만 그 품에 안겨 움직여야 하니 운신이 불편하다.

'어쩌지?'라는 생각을 하던 김호철이 입술을 깨물었다.

"어쩌기는 뭘 어째! 난다!"

외침과 함께 김호철의 머릿속에 빠르게 이미지 하나가 만들어지기 시작했다.

바로…… 가고일의 날개를 단 데스 나이트 말이다.

'생각은 능력이 되고 이미지는 힘이 된다. 생각에는 한계가 없다!'

"가고일 합체!"

외침과 함께 데스 나이트의 몸에서 검은 뇌전이 뿜어져 나오기 시작했다.

파지지직!

몸에서 솟구친 뇌전이 등으로 모여들었다.

그리고…….

파지직!

김호철의 등 뒤에 뇌전의 날개가 활짝 펼쳐졌다.

등 뒤에 벌어지는 일이라 자세한 모습은 볼 수 없지만 김호철은 자신의 몸이 땅에서 떠오르는 것을 느꼈다.

'된다!'

김호철이 하늘을 바라보았다. 하늘에서는 마리아와 3번이 치열하게 싸우고 있었다. 마리아의 능력에 하늘이 이글이글 타올랐다.

가까이 다가가는 것만으로 뜨거운 열기가 느껴지자 김호철은 마리아가 방금까지는 힘을 자제했다는 것을 알았다.

'사람들 피해를 우려했구나.'

마리아의 힘은 불. 힘을 자제하지 않는다면 부평 일대가 모두 불바다가 될 수도 있다. 그렇기에 땅에서는 힘을 조절하다가 하늘로 올라가자 힘을 쏟아내고 있는 것이다.

하지만 마리아의 거대한 불꽃들은 3번의 손길에 흩어지고 갈라지고 있었다.

그것을 보며 김호철의 몸이 빠르게 솟구치기 시작했다.

휘이익!

뇌전의 날개가 펄럭일 때마다 김호철의 몸이 빠르게 하늘로 치솟았다. 그 속도는 가고일이 날아가는 것보다 더 빨랐다. 처음 하늘을 나는 것인데도 그의 생각대로 비행이 가능했다. 마치 처음부터 날개를 달고 태어난 새처럼 말이다.

쏴아악!

바람을 빠르게 가르며 솟구치는 김호철은 몸이 점점 뜨거워지는 것을 느꼈다.

'뜨겁다.'

그리고 그 열기는 3번에게 다가갈수록 더해졌다. 마리아가 뿜어내는 불꽃의 목적지가 바로 3번이니 당연한 일이었다.

하지만 멈출 수는 없었다. 3번이 뿜어내는 바람의 칼날이 불꽃을 뚫고 마리아를 위협하고 있으니 도와야 했다.

'칼, 다니엘. 누가 할래?'

속으로 누가 주공을 할 것이냐 묻자 칼이 소리쳤다.

"칼 폰 루이스!"

칼의 외침과 함께 솟구치던 김호철의 몸이 더욱 빨라졌다. 칼이 몸의 주도권을 잡은 것이다.

쏴아악!

바람을 가르며 김호철의 몸이 3번을 향해 쏘아져 올라갔다.

그런 김호철의 움직임에 3번이 손을 내리그었다.

사사사삭!

눈에 보일 정도로 응축이 된 바람의 칼날이 빠르게 떨어지자 김호철, 아니, 칼이 해머를 강하게 위로 던졌다.

부우웅!

묵직한 소리를 내며 날아간 해머가 바람의 칼날과 부딪혔다.

꽝!

떨어지는 해머를 향해 칼이 손을 내밀었다.

파지직!

해머가 뇌전으로 바뀌더니 김호철의 손으로 빨려왔다.

파지직!

그리고 다시 해머로 바뀌자 김호철이 어느새 눈앞에 다가온 3번의 다리를 향해 휘둘렀다.

부웅!

김호철의 해머를 피해 몸을 회전한 3번이 주먹을 강하게 움켜쥐었다.

우두둑!

"크윽!"

순간 자신의 몸을 죄어오는 압박에 김호철이 신음을 흘렸다. 하지만 그것도 잠시, 김호철의 양팔이 강하게 좌우로 벌려졌다.

펑!

폭음과 함께 자신을 누르던 압박이 사라진 것을 느낀 김호철이 해머를 강하게 휘둘렀다.

공을 때리는 해머…….

순간, 충격파가 주위를 휩쓸었다.

펑!

"크으윽!"

충격파에 직통으로 맞은 3번이 신음을 흘리며 솟구쳤다. 그런데 3번의 몸이 뭔가에 붙들린 듯 멈추더니 그대로 땅으로 떨어져 내렸다.

그에 김호철이 그 뒤를 쫓았다.

'박 팀장님.'

3번의 발에 어느새 검은 연기 한 가닥이 말려 있었다. 박천수의 담배 연기가 몰래 다가와 3번의 발을 낚아챈 것이다.

빠르게 3번의 뒤를 따라 떨어지던 김호철의 눈에 육체 강화를 한 오현철이 담배 연기를 강하게 잡아당기고 있는 것이 보였다.

'이게 팀플레이군.'

하지만…….

줄을 잡아당기던 오현철이 뒤로 튕겨져 나갔다. 3번이 담배 연기를 끊어낸 것이다.

파앗!

담배 연기를 잘라낸 3번이 김호철을 향해 주먹을 휘둘렀다. 바람으로 이루어진 거대한 주먹이 김호철을 향해 날아들었다.

"하압!"

기합과 함께 김호철이 해머를 휘둘렀다.

쾅!

해머에 바람의 주먹이 박살 났다.

화아악!

바람의 주먹이 터지며 생긴 충격에 김호철의 몸이 솟구쳤고 3번은 그 반대로 빠르게 밑으로 떨어졌다.

떨어지는 3번에게 마리아가 날아들었다.

"하압!"

마리아가 3번을 향해 불꽃을 뿜어냈다.

화르륵!

일직선으로 길게 뿜어진 불꽃이 3번을 뒤덮었다. 하지만 마리아의 불꽃은 3번의 바람의 막을 뚫지 못했다.

그러나 마리아가 노린 것은 그것이 아니었다.

화르륵!

불꽃을 뚫고 3번 앞에 나타난 마리아가 바람의 막을 향해 손을 찔러 넣었다.

파파팟!

바람의 막.

말 그대로 바람이 빠르게 회전을 하며 만들어진 막이다.

그 말은…….

사사삭!

그 막 자체가 공격기가 될 수 있다는 뜻이었다.

바람의 막을 뚫고 들어간 마리아의 손에 면도날에 베인 것 같은 상처들이 빠르게 나타났다. 불꽃으로 보호되고 있는데도 바람의 칼날이 그것을 뚫고 상처를 주는 것이다.

하지만 마리아는 개의치 않았다. 그저 3번을 노려보며 웃을 뿐…….

"업화!"

마리아의 외침과 함께 그녀의 손에서 불꽃이 뿜어져 나갔다.

화르륵! 화르륵!

마리아의 손에서 뿜어진 불꽃이 3번이 만들어 놓은 바람의 막 안을 가득 채웠다.

"크아아악!"

3번의 비명과 함께 바람의 막이 부풀어 오르더니 불꽃과 함께 터져 나갔다.

꽝! 화르르륵!

파파팟!

바람의 막이 터져 나가며 뿜어진 바람의 날에 마리아 역시 뒤로 밀려났다.

그런 그녀를 김호철이 잡으려 할 때, 마리아가 소리쳤다.

"비켜!"

거친 마리아의 말에 김호철이 급히 뒤로 물러났다.

"내 불꽃은 적아를 가리지 않아요!"

김호철에게 경고를 한 마리아가 떨어지는 3번을 향해 쇄도했다.

화르륵!

다시 맹렬하게 불꽃을 뿜어내는 마리아를 보던 김호철도 3번을 쫓았다.

파지직! 파지직!

뇌전의 날개를 연신 움직이며 빠르게 떨어진 김호철의 눈에 3번을 포위하고 있는 혜원의 부하들이 보였다. 그리고 부하들 앞에 서 있는 혜원의 모습도.

'나오지 말라니까.'

속으로 중얼거린 김호철이 혜원을 향해 손을 내밀었다.

"골렘 빼고 나올 수 있는 놈 다 나와!"

파지직! 파지직!

김호철의 손에서 뇌전이 쏟아져 혜원의 옆에 떨어졌다.

'혜원이를 지…….'

모습을 드러낸 몬스터들에게 명령을 내리던 김호철의 얼굴이 굳어졌다.

혜원의 옆에 나타난 수십 마리의 몬스터…….

그 수는 평소 뽑을 수 있는 몬스터의 수를 넘어서고 있었다.

게다가 지금 김호철은 데스 나이트와 합체를 하고 오거의 힘까지 뽑아 쓰고 있는 상태.

'게이트도 없는데 왜?'

라는 생각과 함께 김호철의 얼굴이 굳어졌다.

'마나가 모여 있다?'

그게 아니라면 지금 나와 있는 김호철의 몬스터는 나올 수가 아니었다. 따라서 이 주변에 게이트가 열리는 곳과 비슷한 양의 마나가 모여 있는 것이다.

'게이트!'

거기까지 생각이 미친 김호철이 마리아를 향해 외쳤다.

"마리아! 물러나!"

그와 동시에 김호철의 몬스터들이 사방으로 흩어지며 밑에 있는 행복 사무소 직원들을 뒤로 잡아끌었다. 떨어지는 3번을 공격하기 위해 준비를 하고 있던 직원들은 몬스터들의 행동에 주춤거렸고, 그 모습을 본 김호철이 다시 소리를 질렀다.

"물러나!"

김호철의 외침에 사람들이 급히 사방으로 물러났다. 어떻게 된 것인지는 몰라도 김호철의 말이다. 그럼 믿는 것이다.

휘이익!

땅으로 수직낙하 하던 3번의 몸을 한 줄기 바람이 받아 들었다. 그리고 그런 3번의 뒤를 쫓아 땅에 내려선 김호철이 급히 혜원의 앞을 막아섰다.

"호철! 지금 끝낼 수 있었는데 무슨 일이야!"

3번을 향해 검을 겨눈 채 소리를 지르는 고윤희를 힐끗 본 김호철이 소리쳤다.

"모두 뒤로 물러나!"

그에 고윤희가 뭔가 말을 하려 했지만 박천수가 눈으로 신호를 주자 고개를 끄덕이고는 뒤로 물러났다.

타타탓!

빠르게 3번과의 거리를 둔 직원들을 향해 김호철이 외쳤다.

"게이트!"

김호철의 말에 마리아와 사람들이 놀란 눈으로 그를 바라보았다.

"게이트?"

"어떻게?"

게이트가 열릴 징조가 없는데 김호철이 게이트라 말한 것이다.

사람들의 시선을 받은 김호철이 다시 한 번 더 소리쳤다.

"마나가 짙다! 정민이가 말한 마나의 응축 현상이 지금 일어나고 있어!"

김호철의 말에 마리아가 지상에 살짝 떠 있는 3번을 바라보았다. 3번은 마리아의 불꽃에 화상을 입은 채 몸에서 검은 연기를 모락모락 피워내고 있었다.

정민이 급히 다가와 물었다.

"무슨 말이야? 마나 응축 현상이라니?"

김호철이 3번을 주시하며 빠르게 말했다.

"지금 내 상태에서 뽑을 수 있는 몬스터는 많아야 다섯을 넘지 않아. 그런데 지금 나는 내가 불러낼 수 있는 최대치의 몬스터를 뽑았어. 그 말은 지금 이 근처 마나가……."

"강하다?"

"그래."

"하지만 나는 그 차이를 못 느끼겠는데?"

김호철처럼 마나를 많이 흡수하지 못하는 정민은 그 차이를 느끼지 못하는 것이다.

"내가 느껴."

김호철의 말에 정민이 그를 보다가 고개를 끄덕였다. 그러고는 3번을 둘러싸고 있는 마리아 일행을 향해 뛰어갔다.

그런 정민을 보던 김호철이 혜원에게 말했다.

"저놈은 내가 상대할 테니 너는 뒤로 더 물러나."

"괜찮아. 나도 강해."

혜원의 말에 김호철이 그녀를 힐끗 바라보았다.

그 시선에 혜원이 굳은 눈으로 말했다.

“3번한테서 시선 떼지 마.”

혜원의 경고에 김호철이 고개를 끄덕이고는 다시 3번을 바라보았다.

그런데…….

3번의 몸에 어린 화상이 빠르게 회복이 되고 있었다.

옷은 타들어 가 모락모락 연기를 피워내고 있었지만 화상을 입었던 상처들은 어느새 회복이 되어가고 있었다.

‘트롤도 아니고 무슨 회복이……. 설마 다른 능력 하나가 재생인가?’

김호철이 그런 생각을 할 때 3번이 목을 비틀었다.

우두둑! 우두둑!

그러고는 말없이 서 있는 3번의 모습에 김호철의 얼굴이 굳어졌다.

‘저 새끼…… 분명 시간을 끌고 있다.’

“형, 저 새끼 시간 끄는 거야!”

자신과 같은 생각을 한 정민의 외침에 김호철이 숨을 크게 들이마셨다.

“후우!”

그러자 몸에 마나가 들어차는 것이 느껴졌다.

‘마나가 더 짙어졌다.’

하늘에서 떨어질 때만 해도 느끼지 못했던 마나가 지금은 숨을 쉬는 것으로 느껴지니 말이다.

김호철이 주위를 둘러보았다. 능력자는 모두 자신의 무기에 마나를 주입하거나 능력을 발휘한 채 3번을 노려보고 있었다.

'밀집된 공간…… 그리고 능력자들의 마나!'

거기에 생각이 미친 김호철이 놀라 소리쳤다.

"저 새끼!"

김호철의 외침을 따라 정민이 고함을 질렀다.

"우리 마나로 게이트의 마나를 모으고 있어요!"

서로의 생각이 맞았다는 것이 중요하지 않았다. 이렇게 대치를 하는 사이에도 게이트를 여는 데 필요한 마나는 계속 차오르니 말이다.

파앗!

김호철의 발이 땅을 박찼다.

선택의 여지가 없었다. 자신이 뿜어내는 마나가 게이트의 동력이 되는 것은 알지만, 그렇다고 3번을 지켜만 보고 있을 수는 없었다. 싸움을 하든 하지 않든 여기 있는 능력자들의 마나가 게이트의 동력이 되는 것이니 말이다.

'이그니스! 힘을 빌려줘!'

김호철의 마음의 외침과 함께 그의 몸에서 거대한 불꽃이 뿜어져 나왔다.

화르륵!

이그니스의 불꽃을 끌어 쓰는 것은 마나 소모가 심하다.

하지만 지금 이곳은 마나가 충만해져 있는 상태…….

소모보다 회복이 더 빨랐다.

다만 문제는 김호철 자신이 마나를 강하게 사용하면 할수록 게이트의 동력이 더 빨리 채워질 것이라는 점이다.

'하지만 반대로 내가 마나를 많이 쓰면 쓸수록 내가 흡수하는 마나도 많아진다. 그렇다면…… 많이 쓰고 빨리 잡는다!'

김호철은 3번이 게이트를 열기 전 그를 죽여 버릴 생각이었다.

그리고 마리아 역시 3번을 빨리 죽여야 한다는 것에 동감이었다.

김호철이 움직인 순간 마리아 역시 3번을 향해 쏘아져 나갔다.

화르륵! 화르륵!

불의 바퀴를 타고 빠르게 쏘아져 나가는 마리아.

고윤희와 박천수는 주위에 있는 능력자들을 데리고 급히 뒤로 물러나고 있었다. 마리아의 화염 공격은 적아를 구분하지 않으니 자칫하면 자신들도 그 공격에 휩싸일 수 있는 것이다. 게다가 자신들의 마나가 게이트 동력이 된다면 거리를 둬야 했다.

그사이 3번의 몸을 바람이 휘어 감았다.

화아악!

쾅!

그런 3번의 몸을 김호철의 해머가 때렸다.

펑!

폭음과 함께 3번의 몸이 튕겨져 나갔다. 하지만 3번에게 대미지가 들어간 건 아니었다. 바람의 막으로 해머를 막고 그 충격이 전해져 오기 전 3번이 스스로 뒤로 날아간 것이다.

화르륵!

3번을 향해 마리아의 불꽃들이 떨어졌다.

콰콰쾅!

불꽃을 뚫고 3번이 솟구쳤다.

화르륵!

3번의 몸을 타고 거칠게 타오르는 불길…….

하지만 그 불길은 3번의 몸을 태우지 못했다. 3번의 몸을 감싼 바람이 불길을 막아내고 있었기 때문이었다.

화아악!

3번이 손을 거칠게 휘두르자 불길이 빠르게 사그라들었다.

그런 3번을 향해 김호철의 해머가 날아들었다.

부웅!

바람을 가르며 날아오는 해머를 향해 3번이 손을 옆으로 휘둘렀다.

부웅!

3번의 손길에 해머가 옆으로 튕겨져 나갔다. 하지만 이내 3번의 얼굴이 굳어졌다. 해머가 사라진 그 자리에 어느새 김호철이 불꽃에 휩싸여 날아오고 있었다.

해머는 3번의 눈을 가리는 도구였고, 진짜는 김호철이었다.

화르륵!

마리아처럼 불을 몸에 감싼 김호철이 3번의 가슴을 향해 주먹을 찔러 넣었다.

파파파팟!

김호철의 권갑이 바람에 부딪히며 상흔이 생겨났다. 하지만 상흔은 생기는 것과 동시에 빠르게 아물었다.

결국 바람의 막을 뚫은 김호철의 손이 3번의 가슴에 닿았다.

퍽! 우두둑! 우두둑!

'먹혔다.'

손에 느껴지는 감촉은 3번의 가슴뼈가 박살이 났음을 말해주고 있었다.

휘이익!

김호철의 주먹에 맞은 3번이 빠르게 떨어져 내렸다.

"커억!"

피를 토하며 떨어지는 3번을 쫓으며 김호철이 손을 내밀었다.

"뇌전!"

파지직!

김호철의 손에서 뿜어진 뇌전이 3번의 몸을 휘어 감았다.

"크아아악!"

비명을 지르며 떨어지는 3번을 향한 김호철이 소리쳤다.

"치즈!"

파지직!

김호철의 외침과 함께 뇌전이 3번을 끌어당겼다. 빠르게 당겨오는 3번을 향해 김호철이 양손을 모았다.

그리고…….

김호철의 손이 3번의 가슴을 뚫었다.

푸욱!

떨어지던 기세 그대로 김호철의 손과 몸이 3번을 관통했다.

우두둑!

두 동강이 나며 살과 피, 그리고 내장들이 김호철의 몸에서 뿜어지는 불길에 타들어 갔다.

화르륵! 화르륵!

'죽였다!'

탓!

땅에 내려선 김호철이 고개를 들었다. 그의 눈에 두 동강이 난 3번의 시체가 불에 타며 떨어지는 것이 보였다.

퍽! 퍽!

두 덩이의 살덩어리가 땅에 떨어지는 것과 함께 김호철이 안도의 한숨을 쉬었다.

"끝났……."

다라는 말을 하려던 김호철의 얼굴이 굳어졌다. 3번의 몸이 하얀 기운을 뿜어내며 사라지기 시작한 것이다. 그리고 하얀 기운에서 거대한 힘이 느껴졌다.

'이 새끼가 끝까지!'

3번은 죽는 순간 자신의 마나를 모두 방출해 게이트를 열려고 하는 것이다. 몸이 두 동강 나고 불에 타오르는 상태에서도 말이다.

그것을 눈치챈 김호철이 욕설을 뱉었다.

"미친 새끼!"

김호철이 두 동강이 난 3번을 향해 뛰며 양손을 치켜들었다.

파지직! 파지직!

김호철의 손에서 강렬한 뇌전이 뿜어지며 3번을 뒤덮었

다. 자신의 마나로 3번이 뿜어내는 마나를 덮어버린 것이다.

"흐읍!"

그와 함께 김호철이 숨을 강하게 들이마셨다.

3번의 마나를 흡수해 게이트의 동력이 되지 못하게…….

김호철이 숨을 들이마시자 유형화될 정도로 짙은 3번의 마나가 그의 몸에 스며들기 시작했다.

2장
블러드 나이트, 인기를 얻다

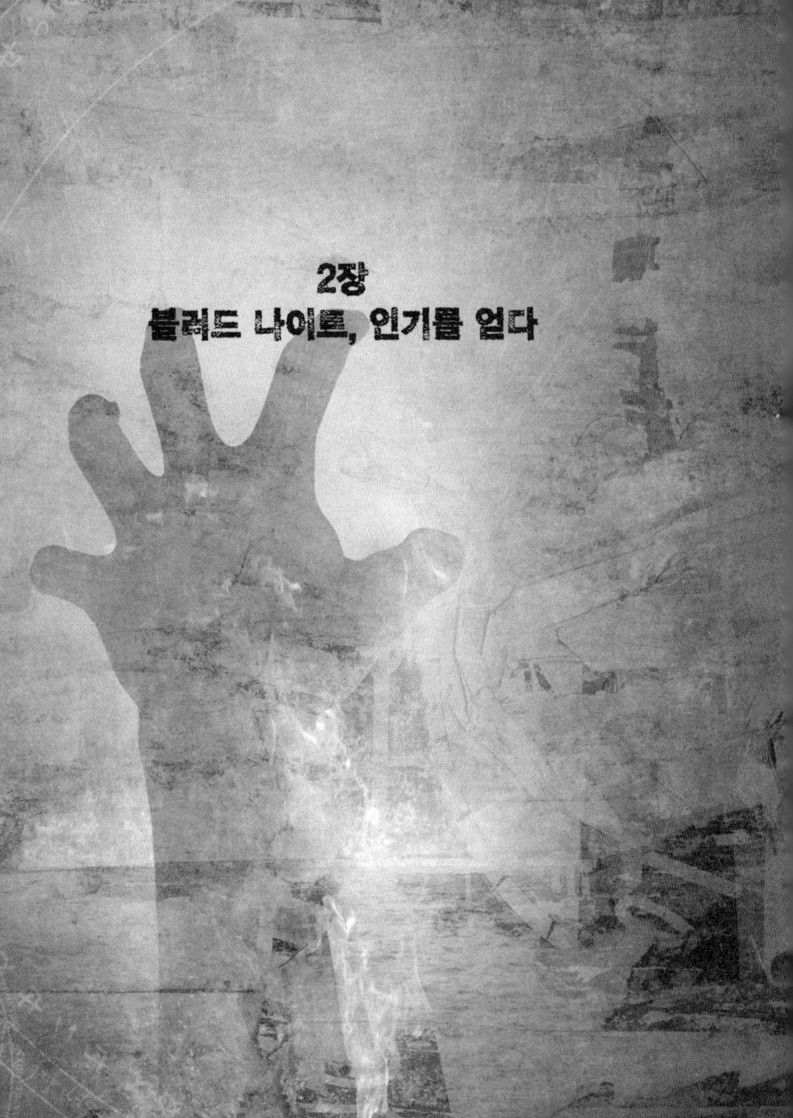

김호철은 어두운 공간에 있었다. 김호철에게는 익숙한 공간 그의 내면에 있는 몬스터 공간이었다.

'여기는 또 왜?'

가끔 몬스터 공간에 자기도 모르게 들어오는 경우는 있었지만 지금은 아니다.

3번 이놈을 끝장내야 한다.

그에 김호철이 정신을 집중했다. 현실로 가기 위해서 말이다.

그런데…….

화아악!

순간 김호철의 뒤에서 하얀빛이 솟구쳤다. 그리고 그 빛이 김호철을 덮었다.

화아악!

"뭐야?"

갑자기 자신을 감싸는 빛에 김호철이 놀라 그것을 바라보았다. 자신의 몸을 감싸고 조여오는 빛…….

—네 몸을 가지겠다.

머릿속에 들려오는 음성에 김호철의 얼굴이 굳어졌다.

"3번?"

—내 마나를 흡수한 것은 너의 실수다. 너의 몸을 통해 나는 다시 태어날 것이다.

"크으윽! 이 새끼, 내가 쉽게 당할 것 같아?!"

—당할 것이다. 너의 의지는 나를 이기지 못한다.

화아악!

더욱 강해지는 3번의 목소리에 김호철이 입술을 깨물었다. 물론 실체가 아닌 의식이라 입술이 아프지는 않았지만…….

어쨌든 입술을 깨문 김호철이 정신을 집중했다.

'아직은 버틸 수 있다.'

정신을 집중해 의식을 다잡은 김호철이 말했다.

"한 가지 묻자."

—이 상황에서 그런 말이 나오다니…… 재밌군. 그래, 뭐지?

김호철의 의식을 흩어놓을수록 자신이 그 정신을 장악하기 쉬워진다.

"게이트…… 어떻게 연 거지?"

–너희가 짐작한 대로 마나의 응축과 축소다.

"마나는 모이는 것이 아닌데?"

–내 능력은 신의 바람과 신의 마나……. 내 의지에 따라 마나를 모을 수 있다.

"마나를 모아?"

–일정 공간의 마나를 고정하고 모으는 것이다. 후! 생각보다 게이트를 여는 시간이 오래 걸렸다.

"지금은 열리지 않았다는 것인가?"

–네 마나는 상당하더군. 네 마나와 내 마나를 동시에 뿜어낸다면 열릴 것이다.

"그럼 그 재생은? 어떻게 된 거지? 능력도 아닌데 상처 회복이 그리 빠를 수 있는 건가?"

–마나는 신의 선물……. 마나를 신체 일부에 모으면 재생력을 극대화할 수 있다. 게다가 막대한 마나를 모아놓은 이곳에서는 더욱 효과가 크지.

답을 하는 3번의 빛이 자신의 몸에 스며드는 것을 느낀 김호철은 시간이 많이 없음을 알았다.

"게이트를 여는 방법을 알고 있었다면 왜 그 전에 게이트를 열지 않았던 거지?"

–이 방법을 안 것은 성십자 기사단과의 싸움 때이다. 아무리 나라도 바티칸의 성십자 기사단과 삼도 중 하나인 무사시와의 싸움은 이길 수 없다. 마나의 고정과 응축을 통한 폭발을 일으키던 중 게이트가 열린 것이다.

3번의 말에 김호철의 얼굴에 황당함이 어렸다.

"그럼 우연히 알았다는 것인가?"

–세상의 큰 발견은 우연에 의한 경우가 많다. 그러니 이만…… 몸을 내놓거라.

화아악!

머릿속에 들려오는 소리와 함께 김호철의 몸을 감싼 빛이 더욱 강해졌다. 정신이 어지러워지는 것을 느낀 김호철이 눈을 크게 떴다.

"네 실수가…… 뭔지 알아?"

조금만 더 힘을 쓰면 김호철의 정신을 지배할 수 있는 상황에서 뜬금없는 질문…….

3번이 웃었다.

–쓸데없는 소리군. 이것은 약속하겠다. 14번은 고통 없이 죽여주마.

아량을 베푼다는 듯한 3번의 말에 김호철이 웃었다.

"너는…… 내 몬스터 방에 들어왔다는 거야."

–몬스터…… 방?

3번의 중얼거림과 함께 김호철이 소리를 질렀다.

"애들아!"

김호철의 외침에 어둠 속에서 눈들이 나타났다.

번쩍! 번쩍!

그 눈들은 곧 몬스터의 육체를 만들어 가기 시작했다.

–이…… 게 무슨?

주위로 몬스터들이 속속들이 나타나는 것에 당황해하는 3번의 목소리를 들으며 김호철이 소리쳤다.

"이 자식 떼어내!"

김호철의 외침에 데스 나이트가 다가왔다. 그리고 어둠이 일렁이는 손으로 3번의 빛을 잡아당기기 시작했다.

"크으윽!"

자신에게서 떨어지지 않으려는 빛에 김호철은 고통스러운 신음을 흘렸다.

–놓지 않는다! 나는 다시 태어나야 한다!

3번의 고성에 김호철이 욕설을 토했다.

"미친 새끼! 죽었으면 그냥 죽어! 더 세게 잡아당겨!"

김호철의 외침에 데스 나이트의 손에서 검은 기운이 더욱 강해지기 시작했다.

–크아아악!

괴성을 지르며 자신에게서 떨어지지 않으려는 3번의 외침에 김호철이 입술을 깨물었다.

데스 나이트가 강하게 당기면 당길수록 3번의 발버둥은 더 강해졌고, 그 힘에 김호철은 큰 고통을 느끼고 있었다.

"쉽게 떨어지지 않겠다?"

-크크크! 나에게 남은 선택은 너 하나뿐이다. 그만 포기해.

3번의 음성에 김호철이 입술을 깨물고는 자신의 몸을 감싼 빛을 바라보았다.

"어쩌지…… 난 선택 사항이 하나 더 남았는데."

-뭐?

이 자식이 또 무슨 짓을 하려나 싶은지 당혹감이 어린 3번의 음성을 들으며 김호철이 입을 열었다.

"이그니스!"

화르륵!

순간 김호철의 앞으로 거대한 불의 드래곤 이그니스가 모습을 드러냈다.

-이…… 그니스?

3번의 음성과 함께 김호철이 이그니스를 올려다보았다.

"이것 좀 떼어줘."

김호철의 말에 이그니스가 그를 지긋이 보다가 앞발을 내밀었다. 그리고 김호철을 앞발로 눌렀다.

화아악!

자신의 몸을 통과하는 이그니스의 발과 함께 김호철은 방금 전까지 자신을 압박하던 3번의 힘이 사라지는 것을 느꼈다.

화아악! 화아악!

김호철의 몸에서 이그니스가 발을 떼었다. 이그니스의 발에는 빛의 덩어리가 들려져 있었다. 빛은 이리저리 요동을 치며 발에서 벗어나려 하고 있었다.

이그니스가 김호철을 바라보았다. 마치 이것을 어떻게 할 것이냐는 듯 말이다.

김호철이 이그니스를 보며 입을 열었다.

“먹어버려.”

김호철의 말에 이그니스가 손에 든 빛을 입에 넣었다.

—크아아악!

번쩍!

눈을 뜬 김호철은 몸에 기운이 넘치는 것을 느꼈다.

‘3번 놈 마나라 기분이 좋지는 않지만…… 마나는 마나인

건가?'

씹어 먹을 3번의 마나가 자신의 몸에 흡수된 것이 그리 기분 좋지는 않지만…… 어쨌든 마나는 마나인 것이다.

그런 생각을 하던 김호철이 앞을 바라보았다. 검은 뇌전이 둘러싼 곳에는 숯이 되어버린 3번의 잔해가 흩어져 있었다.

그것을 보던 김호철이 뇌전을 흡수했다.

파지직! 파지직!

뇌전을 흡수한 김호철이 고개를 돌렸다. 3번이 죽었다는 것을 안 직원들과 혜원이 그에게 다가오고 있었다.

파지직!

갑옷을 풀어낸 김호철이 숨을 들이마셨다.

"흡!"

숨을 들이마시자 몸에 들어오는 마나가 느껴졌다. 하지만 3번이 죽기 전과는 비교할 수 없이 적었다.

'3번이 죽어서 능력이 해제됐구나.'

3번의 능력인 마나 고정이 그가 죽으면서 마나가 자유롭게 풀려난 것이다.

"게이트는 이제 열리지 않습니다."

김호철의 말에 정민이 3번의 시체를 보다가 말했다.

"마나가 흩어지는 것 같기는 한데…… 확실한 거예요?"

"응, 확실해."

"휴! 다행이네요."

그러고는 정민이 슬쩍 주위를 바라보았다. 주위는 싸움의 여파로 난리였다.

도로는 마리아와 김호철의 불꽃에 새까맣게 타 있었고 부평 공원 한쪽도 불타오르고 있었다.

거기에 건물 몇 곳은 충격파로 인해 유리가 모두 깨져 나가 있었다.

"일단 불부터 꺼야겠어요. 마리아 누나."

정민의 말에 마리아가 훌쩍 땅을 박차며 솟구치더니 불이 난 부평 공원 쪽으로 날아갔다.

불이 난 나무를 향해 마리아가 손을 내밀자 그녀의 손으로 불길들이 빨려오기 시작했다.

그렇게 마리아가 불을 끄는 사이, 경찰차와 소방차들이 속속 모여들기 시작했다.

"일 다 끝나니 오네."

"그래도 빨리 온 거죠.

타타탓!

경찰 차량에서 뛰어내린 SG와 경찰들이 그들에게 다가왔다.

"천수 형님!"

SG 중 한 명이 박천수에게 뛰어오자 그가 손을 흔들었다.

"빨리도 온다. 일 다 끝났어."

"어떻게 된 겁니까?"

SG가 경찰들에게 주위로 사람들이 오지 못하게 하라는 지시를 내리고는 박천수를 향해 말했다.

"수정 카페에서 능력자들끼리 싸움 났다고 해서 급히 온다고 온 겁니다. 그런데 무슨 일입니까? 마리아 소장님도 나와 있고."

"SG에 보고해, 신의 교단 3번이 쳐들어왔다고."

"신의 교단? 3번?"

그게 뭔가 해서 고개를 갸웃거리는 SG를 보며 박천수가 고개를 저었다.

"그런 놈들이 있어. 상부에 보고하면 알아서 처리해 줄 거야."

박천수의 말에 SG가 고개를 끄덕이고는 무전기에 보고를 하기 시작했다.

SG를 보던 정민이 박천수에게 말했다.

"주변 상가 주인분들에게 사죄드리고 피해 보상해야 할 것 같은데요."

"3번 이놈의 새끼 때문에 돈 들어가겠네."

시체가 되어 있는 3번을 보던 박천수가 주변 건물들을 바라보았다. 크게 상한 건물은 없었지만 유리가 깨지고 금이

간 것들이 있었다.

유리야 갈아주면 그만이지만 금이 간 건물들은 안전 진단부터 보수까지 행복 사무소에서 처리를 해줘야 하니 돈이 꽤 나갈 것이었다.

더욱이 이곳은 앞으로도 주욱 살아야 할 터전이라 좋게 좋게 해결하는 것이 좋았다.

그러고는 박천수가 오현철과 정민을 향해 말했다.

"내가 저쪽부터 들를 테니까. 현철이하고 정민이는 저쪽으로 가면서 죄송하다 하고 피해 보상하겠다고 해."

박천수의 말에 고윤희가 말했다.

"나는?"

"너는…… 그냥 있어라. 또 아줌마들하고 싸우지 말고."

"무슨 내가 싸움만 하나?"

"전에……."

"오케이! 잘 갔다 와요."

손을 흔드는 고윤희를 보며 고개를 끄덕인 박천수와 정민이 주변 상가로 걸어갔다.

박천수가 상황 수습을 하는 동안 김호철은 혜원의 옆에 있었다. 혜원은 가루가 되어 흩어져 있는 3번의 잔해를 보고 있었다. 그런데 혜원의 표정은 그리 좋지 않았다.

"표정이 왜 그래?"

"그냥…… 그리 기분이 좋지 않네요."

혜원을 보던 김호철이 재가 되어 있는 3번의 시신을 보다가 입을 열었다.

"밉든 좋든…… 어렸을 때부터 함께했을 테니 기분 좋지 않겠지. 하지만 죽어야 할 놈이 죽은 거야. 이놈이 살았으면 더 많은 사람이 죽었을 거야."

김호철의 말에 고개를 끄덕인 혜원이 무릎을 꿇더니 3번의 재를 손으로 모았다.

스스슥! 스슥!

손으로 조심스럽게 재를 모으는 혜원의 모습에 김호철이 작게 고개를 젓고는 주위를 둘러보았다.

'이제 남은 건 2번과 잔당들뿐인가?'

신의 교단과 엮이고 싶은 생각은 없지만 그놈들은 그렇지 않을 터…….

신의 교단이 끝나든 김호철이 끝이 나든 둘 중 하나는 끝이 나야 했다.

3번이 쳐들어왔다가 죽은 후, 김호철과 행복 사무소 직원들은 조금 시끄러운 나날을 보내야 했다. 일본 능력자의 한국 습격에 대한 기자들의 뉴스와 영문을 알 수 없는 정치인들의 방문 때문에 말이다.

"신의 교단이란 자들은 현재 일본 정부와 바티칸에서 범죄 집단으로 지목한 자들입니다. 그리고 그중 신의 교단의 수뇌 중 한 명인 3번이 바로 이곳 인천광역시 부평 공원의 능력자 길드 행복 사무소를 공격한 것은 이틀 전 오전 일곱 시 경입니다. 당국은……."

창밖으로 한 기자가 수정 카페를 배경으로 뉴스를 찍고 있는 것을 보던 김호철이 슬쩍 고개를 옆으로 돌렸다.

부평 공원에 있는 벤치에 일단의 사람이 커다란 렌즈가 달린 사진기를 들고 있었다.

그리고 그들 발밑에는 김호철, 아니, 정확히는 데스 나이트와 합체를 하고 있는 블러드 나이트가 인쇄된 합판이 놓여 있었다.

"대체 저걸 어떻게 들고 온 거지?"

김호철이 그런 생각을 할 때 박천수가 입맛을 다시며 카페 안으로 들어왔다.

"담배 한 대도 제대로 못 피우겠네."

담배 피우러 밖으로 잠시 나갔다가 취재진과 사람들에게 둘러싸였던 것이다.

투덜대며 안으로 들어온 박천수가 김호철을 향해 말했다.

"네 팬들 갈수록 늘어난다. 가서 손이라도 한번 흔들어줘."

박천수의 말에 김호철이 고개를 젓고는 창밖을 보며 말했다.

"제가 뭐라고 사람들이 저렇게 모여드는지 모르겠네요."

지금 밖에 모여 있는 사람들 중 반은 김호철, 아니, 블러드 나이트를 한 번이라도 보겠다고 모여든 사람이었다.

요즘 능력자 카페에서 가장 핫한 능력자가 바로 블러드 나이트였다.

몬스터 소환에 데스 나이트급의 무력, 거기에 뇌전을 자유자재로 사용하는 특급 능력자…….

그동안 일반인에게는 블러드 나이트가 누구인지에 대한 정보가 없었다. 그런데 이틀 전 사건 동영상이 인터넷에 올라온 것도 모자라, 그 사건이 부평 행복 사무소를 습격한 일본 범죄 능력자라는 것이 뉴스에 나왔다.

거기에 동영상에는 화려하게 싸우는 블러드 나이트와 그가 갑옷을 해제하는 모습까지 있었다.

블러드 나이트가 행복 사무소 직원임을 안 능력자 게시판 운영자들과 능력자를 구경하고 싶은 사람들까지 행복 사무소 근처로 몰려들은 것이다.

귀찮다는 표정이 가득한 김호철을 보며 박천수가 말했다.

"요즘은 능력자가 바로 연예인 아니겠냐? 그리고 네 능력들이 좀 화려하잖아. 뇌전에 불꽃, 거기에 몬스터들 소환과 합체까지."

웃으며 김호철의 어깨를 두들긴 박천수가 웃었다.

"이러다 윤희 팬클럽보다 사람 늘어나는 것 아닌지 모르겠다."

"윤희도 팬클럽이 있습니까?"

"후! 나 같은 중년 아저씨도 아니고 윤희처럼 예쁜 아가씨한테 팬클럽이 없겠냐? 가끔 윤희 나가서 팬미팅도 하고 오잖아."

"팬미팅도 합니까?"

"네가 몰라서 그러는데 윤희 팬들 충성도 장난 아냐. 특히……."

슬쩍 주위를 둘러본 박천수가 속삭였다.

"윤희한테 매 맞고 싶다고 가입을 한 놈도 엄청 많아."

"매를 맞고 싶다? 일반인이 맞으면 죽을 텐데?"

"윤희라고 죽을 정도로 때리겠냐? 적당히 한두 대 때려주는 거지. 어쨌든 전에 한번 따라가 본 적이 있는데 장난 아니더라. 한 대 맞겠다고 줄 서 있는데…… 윤희니까 파파팟! 끝내는 거지."

박천수가 양손을 빠르게 휘두르는 시늉을 하자 김호철이 고윤희를 떠올렸다.

'하긴…… 윤희가 성격은 지랄이지만 외형은 여자여자한 스타일이니까. 거기에 검법도 유한 것이 많아서 하늘하늘하고…….'

고윤희가 익힌 무당파 무공은 격하기보다는 부드러운 무공이 많다. 그런 고윤희의 동영상이 퍼졌다면 남자들이 좋아할 만도 했다.

김호철이 그런 생각을 할 때 누군가가 문을 열고 들어왔다.

"실례합니다."

방송국 카메라를 들이밀고 들어오는 사람들의 모습에 마리아가 생긋 웃으며 말했다.

"어서 오세요. 이쪽으로 앉으세요."

웃으며 바의 자리를 권한 마리아에게 마이크를 든 사내가 다가왔다.

"인터뷰……."

사내의 말에 마리아가 생긋 웃으며 말했다.

"저희 수정 카페는 아주 맛 좋은 커피와 달콤한 디저트를……."

"아니, 그것 말고 이틀 전 있었던……."

탓!

사내의 말을 마리아가 탁자를 손으로 치며 끊었다. 그리고는 웃는 얼굴로 사내를 바라보았다.

"저희 카페 홍보를 위한 인터뷰라면 해드릴 수 있답니다. 하지만 이틀 전 일에 관한 인터뷰는 사절이랍니다."

"그러지 마시고…… 이틀 전에……."

사내의 말에 마리아가 김호철을 힐끗 바라보았다. 그에 김호철이 손가락을 튕겼다.

파지직!

김호철의 손에서 튕겨진 뇌전이 오크 전사를 만들어냈다.

"크르릉!"

카메라 앞을 가로막고 서는 오크 전사의 모습에 카메라 기자가 놀라 뒤로 넘어졌다.

"헉! 몬…… 몬스터."

기자가 뒤로 주춤거리며 물러나는 것을 보며 마리아가 입을 열었다.

"저희 카페에 관한 인터뷰는 오케이입니다. 식사와 커피를 드시는 것이라면 그것도 오케이입니다. 하지만 이틀 전 일로 들어오시는 것은 노랍니다."

"이건 국민의 알 권리를……."

"전 국민이라는 사람은 모릅니다. 대신 저희 집 커피는 아주 맛이 좋답니다."

싱긋!

예쁘게 웃는 마리아의 모습에 기자가 오크 전사를 바라보고는 김호철을 향해 고개를 돌렸다.

"블러드 나이트 김호철 씨, 잠시 인터뷰 좀……."

"크르릉!"

낮게 울음을 토하며 자신의 앞을 막는 오크 전사를 보는 기자의 얼굴이 굳어졌다.

두려움을 느끼는 듯 마이크를 든 손이 떨려왔지만 사내는 물러나지 않았다.

"이 몬스터가 블러드 나이트 김호철 씨의 것으로 알고 있습니다. 소환할 수 있는 몬스터의 수가 몇이나 되는지요?"

오크 전사를 앞에 두고도 인터뷰를 하려는 기자를 보던 김호철이 말했다.

"그만 나가주시죠."

"한 말씀 부탁……."

크르릉!

오크 전사가 기자의 얼굴에 자신의 얼굴을 들이밀었다. 그에 주춤거리며 뒤로 물러났던 기자가 소리쳤다.

"일반인을 능력자가 이렇게 대놓고 위협해도 되는 것입니까?"

"그럼 귀찮다는 사람에게 이렇게 계속 인터뷰를 하자고 달라붙는 건 되는 겁니까? 그리고 여기는 엄연히 영업하는 곳입니다. 장사에 방해가 되니 나가주십시오."

김호철의 말에 기자가 그를 보다가 고개를 저었다.

"한 말씀만……."

하지만 기자의 말은 더 이어지지 않았다. 오크 전사가 그를 들어서는 밖으로 끌고 나간 것이다.

"이봐! 언론을 이렇게 다루고 무사할 것 같아!"

기자의 외침에 김호철이 카페 문을 닫았다.

"그럼 고소하든지."

김호철은 지하 훈련장에서 수련을 하고 있었다.

3번과의 싸움에서 김호철은 자신의 능력에 대해 전혀 모르고 있다는 것을 알았다.

가고일과 합체를 해서 날 수 있다는 것도 3번과의 싸움에서 처음 알았으니 말이다.

파지직! 파지직!

김호철은 자신의 등 뒤로 펼쳐져 있는 뇌전의 날개를 고개를 돌려 바라보았다.

"날개는 그냥 장식인가?"

지금 김호철은 날고는 있지만 뇌전의 날개로 날고 있다는 느낌은 아니었다.

정확하게는 모르겠지만 뇌전의 날개를 통해 마나를 뿜으

며 나는 느낌이라고 할까?

어쨌든 가고일의 품에 안겨 나는 것보다 이렇게 나는 것이 당연히 훨씬 편하기 때문에 김호철은 하늘을 나는 것에 익숙해지기 위해 연습을 하고 있었다.

지하 훈련장을 날며 비행 감각을 익히던 김호철의 눈에 고윤희가 들어오는 것이 보였다.

"김호철!"

자신을 부르는 고윤희의 목소리에 김호철이 그녀에게 날아갔다.

파지직! 파지직!

등 뒤로 뇌전의 날개를 펼친 채 날아오는 김호철을 보던 고윤희가 말했다.

"부탁이 있어."

"부탁?"

김호철이 뇌전의 날개를 흡수하며 다가오자 고윤희가 등 뒤에 있던 손을 앞으로 돌렸다.

그녀의 손에는 커다란 렌즈가 달린 카메라가 들려 있었다.

"사진하고 동영상 좀 찍자."

"그건 왜?"

"내 팬카페에서 너 좀 찍어 달래."

말과 함께 카메라를 들이대는 고윤희의 모습에 김호철이

한숨을 쉬고는 말했다.

"네가 원하면 해도 되는데…… 그런데 그런 것도 해줘?"

"공짜로 해주는 것 아냐."

"그럼 돈이라도 받는 거야?"

김호철의 물음에 고윤희가 피식 웃었다.

"돈은 아니고 팬카페 이름으로 사랑의 쌀이 불우이웃 돕기 단체에 기부가 돼. 별것 아닌 걸로 좋은 일 좀 하는 거지."

"기부? 너 기부도 해?"

의외였다. 고윤희가 기부라니…….

"염라대왕이 '너 지옥!'이라고 하면 내가 기부한 쌀을 먹은 사람이 한둘이 아닌데 '내가 왜 지옥이야!'라고 할 정도는 하지."

"네가 하는 것이 아니라 팬카페에서 하는 거라며?"

"어쨌든…… 내 이름 달고 하는 거니까 그게 그거지."

"그런데 천국 가려고 기부를 해?"

"그럼 지옥 가려고 기부하냐?"

찰칵! 찰칵!

김호철을 찍으며 고윤희가 카메라에 달린 화면으로 사진을 보며 말했다.

"이제 데스 나이트하고 합체하고 몬스터도 좀 뽑아봐."

고윤희의 말에 김호철이 데스 나이트와 합체를 하고는 몬스터 몇 마리를 뽑았다.

“골렘도 한 마리 뽑자. 크기가 있어서 사진이 잘 나올 거야.”

고윤희의 제안에 김호철은 별다른 말 없이 골렘을 뽑았다.

언론 기자들이나 밖에 있는 능력자 카페 사람들이 그렇게 사진 한 번 찍자고 해도 하지 않던 일을 김호철이 순순히 하고 있었다. 다른 이유는 없었다. 고윤희가 해달라고 하니 해줄 뿐이었다.

그런 김호철을 보며 고윤희가 동영상과 사진들을 찍기 시작했다.

3번이 죽고 난 후 일주일이 지났다.

일본 능력자가 한국 능력자 길드를 공격한 것은 뉴스감이 되기에 충분한 이슈였다.

하지만 행복 사무소에서는 아무런 내용을 내놓지 않았고 일주일은 새로운 뉴스가 나오기에 충분한 시간이었다.

카페 주위에 진을 치고 있던 기자들이 물러갔다.

그러나…….

능력자 덕후들은 물러가지 않았다. 아니, 오히려 더욱 늘어난 느낌이었다.

"휴……."

창밖에 장사진을 치고 있는 능력자 덕후들의 모습에 김호철이 한숨을 쉬었다.

그런 김호철 옆에서 창밖을 보던 고윤희가 말했다.

"아무래도 네가 나가지 않으면 사람들 안 없어질 것 같은데."

"네가 올린 사진과 동영상 때문 아니야?"

"뭐…… 네가 워낙 잘나서지."

고윤희는 그녀의 팬카페에 김호철의 동영상과 사진들을 올렸다. 그 게시물은 순식간에 십만이라는 조회수를 찍었다. 그리고 그 조회수만큼이나 카페 앞에는 많은 사람이 모여 있는 것이다.

그렇지 않아도 블러드 나이트라는 이름으로 명성을 쌓던 김호철이다. 그런데 한국에 쳐들어온 일본 능력자를 그가 쓰러뜨렸다. 한국 정서상 일본 능력자와 싸워 이겼다는 것만으로 김호철의 인기가 급상승한 것이다.

게다가 데스 나이트와 합체를 하고 등에 뇌전의 날개를 펼친 김호철의 능력이 워낙 넛이 있기도 했고 말이다.

"내가 나가서 뭘 해?"

"뭘 하기는 사람들한테 손도 좀 흔들어주고…… 능력 좀 보여주는 거지."

"구경거리가 되라는 말이야?"

"왜, 팬이 생기면 좋지."
"쌀 기부 같은 것?"
"뭐, 그것도 한 종류지만……."
고윤희의 말에 김호철이 한숨을 쉬며 창밖을 바라보았다.
"그럴 거면 차라리 내가 하고 말지."
"흠……."
김호철의 말에 고윤희가 그를 지긋이 바라보았다.
"왜?"
"그런 말을 하면서…… 호철이 기부한 적 있어?"
고윤희의 말에 김호철이 고개를 저었다. 이때까지 기부란 것은 자신처럼 돈 없는 사람이 아니라, 돈이 많은 사람이 하는 것이라 생각을 해왔던 것이다.
물론 지금은 돈이 많지만…… 김호철은 기부를 해야겠다는 생각을 해본 적이 없었다.
그런 김호철을 보며 고윤희가 말했다.
"조금 광대 일 하는 걸로 사람들이 네 이름으로 쌀도 기부하고 좋은 일을 해. 그럼 좋은 것 아냐?"
고윤희의 말에 김호철이 그녀를 보다가 한숨을 쉬며 고개를 끄덕였다.
"알았다."
말과 함께 김호철이 카페 문을 열고 밖으로 나갔다.

"블러드 나이트다!"

"블러드 나이트! 여기 좀 봐 주세요!"

김호철이 밖으로 나간 것만으로 사람들이 환호성을 질렀다.

여느 아이돌 못지않은 환호를 들으며 고윤희가 핸드폰을 꺼냈다.

[슈퍼 히어로 운영자]

핸드폰에 뜬 이름을 보며 미소를 지은 고윤희가 전화를 걸었다.

"응, 나야. 블러드 나이트 나갔어. 응, 그럼 이야기한 대로 여자 능력자 인기 랭킹 올려줘야 돼. 최소한 10위 안에…… 뭐? 어려워? 15위? 말이 틀린 것 아냐? 아…… 알았어. 그럼 그건 그렇게 해주고 메인에 내 동영상도 올려줘야 돼. 동영상 파일은 우리 카페 방장이 보내줄 거야."

한국 능력자 사이트 중 최대 규모인 슈퍼 히어로의 운영자와의 밀약을 다시 확인하는 고윤희였다.

카페 밖으로 나온 김호철은 자신을 향해 환호하는 사람들을 보며 조금은 당황스러웠다.

'기분 묘하네.'

연예인이 된 것 같다는 생각을 하며 김호철이 소리쳤다.

"저기……."

김호철의 외침에 사람들이 급히 소리쳤다.

"블러드 나이트!"

"블러드 나이트! 나를 가져요!"

"몬스터 보여줘요!"

"합체해 주세요! 나하고!"

사람들의 외침을 듣던 김호철의 귀에 자신과 합체해 달라는 소리가 들렸다.

멀쩡하게 생긴 남자가 자신에게 하트를 날리고 있었다.

'멀쩡하게 생겨가지고 무슨 토 나올 소리를…….'

"나하고 합체해 주세요!"

다시 같은 소리를 하는 사람을 보며 김호철이 손을 들었다. 진정을 하라는 손짓이었지만 사람들의 소리는 줄어들지 않았다.

'뭔가를 하려고 해도 이래서야.'

사람들을 보던 김호철이 정신을 집중했다. 그러자…….

파지직! 파지직!

김호철의 등 뒤로 뇌전이 솟구치며 날개를 만들어냈다.

"뇌전 날개다!"

"뇌전의 블러드 나이트!"

사람들의 환호를 들으며 김호철이 천천히 떠올랐다. 사람들의 머리 위를 한 바퀴 난 김호철이 소리쳤다.

"저를 보러 와주셔서 감사합니다."

김호철의 외침에 사람들이 그제야 잠잠해졌다. 대신 김호철을 향해 번쩍이는 플래시들…….

사람들이 자신을 향해 연신 찍어대는 플래시를 보며 김호철은 이제 뭘 해야 하나 싶었다.

'뭘 해야 하지?'

막상 나오기는 했는데 뭘 해야 할지…….

그에 잠시 하늘에 떠 있던 김호철이 입맛을 다셨다.

'화려한 것 몇 개 펼치고 들어가야겠다.'

생각과 함께 김호철이 뇌전을 강하게 뿜어내기 시작했다.

"이야!"

"멋지다!"

사람들의 환호와 함께 김호철의 몸에서 뿜어진 뇌전이 하늘을 수놓기 시작했다.

한 시간이 넘게 하늘을 날아다니며 사람들에게 공연 아닌 공연을 보여준 김호철이 지친 얼굴로 카페 안으로 들어왔다.

몇 가지만 보여주고 들어오려고 했는데 사람들의 함성에 자기도 모르게 흥분해 한 시간이나 날아다니고 온 것이다.

"수고했어요."

마리아의 말에 김호철이 바에 앉으며 고개를 저었다.

"능력자 좋아하는 사람들 참 특이하군요."

"사람들은 신기한 걸 좋아하니까요."

웃으며 마리아가 바에서 몸을 내밀어 창밖을 바라보았다.

"그래도 많이 돌아갔네요."

"앞으로 밖에 나오지 않을 것이니 돌아들 가라고 했습니다."

"잘했네요."

따르릉! 따르릉!

김호철과 이야기를 나누던 마리아가 전화기를 들었다.

"수정 카페…… 어? 회장님."

회장이라는 말에 김호철이 마리아를 바라보았다.

"협회장님?"

김호철의 물음에 마리아가 고개를 끄덕이고는 이야기를 나눴다.

"네? 일본? 하지만…… 흠…… 잠시 생각을 좀 해봐야 할 것 같아요. 네. 오늘 중으로 이야기 나누고 전화 드릴게요."

말과 함께 전화를 끊은 마리아가 잠시 생각을 하다가 초아를 불렀다.

"초아야."

화아악!

마리아의 부름에 초아가 빛과 함께 모습을 드러냈다.

"가서 사람들 좀 모이게 할래."

-알겠습니다.

초아가 사라지자 마리아가 카페 한쪽에 앉아 있는 혜원의 부하들을 바라보았다.

"그쪽분들도 좀 모여주시겠어요?"

마리아의 말에 부하들이 전화기를 들고는 동료들에게 전화를 걸었다.

갑자기 사람들을 소집하는 마리아의 행동에 김호철이 그녀를 바라보았다.

"무슨 일입니까?"

의뢰는 아닐 것이다. 의뢰라면 행복 사무소 사람들만 모으지 혜원의 부하들까지 부를 일이 아닌 것이다.

"일본 쪽 소식이에요."

"일본? 신의 교단?"

김호철의 굳은 얼굴을 보며 마리아가 입을 열었다.

"협회장이 한 말은 두 가지예요."

"두 가지?"

"첫째는…… 신의 교단 신의 아이들 중 몇이 한국으로 귀화하고 싶다는 거예요."

"귀화? 그놈들이?"

김호철이 놀라 마리아를 볼 때 혜원의 목소리가 들려왔다.

"귀화를 원하는 아이들이 누구죠?"

혜원의 말에 김호철이 고개를 돌렸다. 어느새 혜원이 문을 열고 들어오고 있었다.

그리고 그 뒤로 줄줄이 들어오는 혜원의 부하들과 사무소 직원들…….

"신의 아이들이 귀화를 원한다고?"

박천수가 바에 앉으며 하는 말에 마리아가 사람들을 보며 말했다.

"다 왔으니 이야기를 할게요. 방금 전 협회장님한테 연락이 왔어요. 첫째는 신의 교단의 신의 아이들 중 몇이 한국으로 귀화, 혹은 망명을 하고 싶다는 거예요. 그리고 둘째는 저희가 신의 아이들을 만나 보고 그들에게 다른 마음이 없는지 확인을 하는 것과 이상 없다면 그들을 한국까지 호위해서 데려올 것."

"미쳤네. 3번 그놈만 봐도 신의 아이들 다 뻔한 미친놈들인데 폭탄을 왜 우리나라로 끌고 와? 그것도 우리더러 호위? 미쳤고만."

말을 한 박천수가 문득 혜원을 바라보았다.

"아! 혜원 양 들으라고 한 소리는 아닌데…… 거북했으면 미안해.”

“괜찮습니다.”

고개를 젓는 혜원을 보던 김호철이 마리아를 바라보았다.

“그런데 왜 우리지?”

“한국 대사관을 통해 제안을 한 신의 아이가 호철 씨와 혜원이가 꼭 와야 한다고 했다는군요.”

“신의 아이 누구? 설마 2번은 아니겠죠?”

김호철의 말에 마리아가 고개를 저었다.

“9번이에요.”

마리아의 말에 김호철의 얼굴에 의아함이 어렸다.

‘9번이면 내가 납치했던 놈이잖아?’

9번은 천공산에서 자신이 납치했던 놈이다.

싸가지 없고 제멋대로였던 속박 계열 능력을 사용하는…….

“혜원이를 지목한 것은 그렇다 해도 왜 나를?”

김호철이 의아해하며 혜원을 바라보았다. 자신보다는 9번을 더 잘 아는 혜원에게 답을 구하는 것이다.

김호철의 시선에 혜원이 입을 열었다.

“9번은 심성이 약한 아이예요.”

“심성이 약해? 전혀 그렇게 안 보이던데?”

김호철의 기억 속에 있는 9번은 안하무인에 싸가지가 더럽게 없던 녀석이지 심성이 약하다는 쪽과는 거리가 멀었다.

김호철의 말에 혜원이 한숨을 쉬었다.

"9번은 1번, 2번, 3번 그들 모두에게 선택받지 못했어요. 그래서 강하게 보이려고 일부러 남을 무시하고 강한 척을 하며 살았어요. 하지만 본성은 착한 아이예요."

혜원의 말에 잠시 그녀를 보던 김호철이 입을 열었다.

"그래서 혜원이 네 생각은 어때?"

"제 생각?"

"혜원이 네가 9번을 데려오고 싶다면 오빠가 갈게."

김호철의 말에 혜원이 그를 보다가 마리아를 바라보았다.

혜원의 시선에 마리아가 웃었다.

"의뢰일 뿐이에요."

"3번이 무너졌다고 해도 일본에 가면 신의 교단의 표적이 될 거예요."

"어떤 의뢰든 목숨 걸고 가는 것은 똑같아요. 그리고 우리에게는 블러드 나이트가 있는데 무슨 걱정이에요."

농을 섞은 마리아의 말에 김호철이 작게 웃고는 혜원을 바라보았다.

"어때? 데리고 올까?"

김호철의 말에 혜원이 고개를 끄덕였다.

"신의 교단이 아니라면 평범하게 학교를 다니고 살았을 아이예요. 그 아이도 신의 교단의 피해자 데리고 올 수 있다면 데려오고 싶어요."

혜원의 말에 김호철이 마리아를 바라보았다. 그에 마리아가 고개를 끄덕였다.

"좋아요. 그럼 의뢰를 받는 것으로 결정이 났네요."

마리아의 말에 정민이 말했다.

"신의 아이들이라고 했는데 9번과 또 누구예요?"

"그 이야기는 듣지 못했는데?"

마리아의 말에 혜원이 입을 열었다.

"아마 두 명일 거예요."

"두 명?"

"9번과 16번일 거예요."

"그걸 어떻게 알아?"

"16번은 9번을 좋아해요. 오빠가 9번을 잡았을 때 1번이 나선 것도 16번의 마음을 알기 때문이에요."

"16번이 1번 쪽 사람이었나 보네. 그럼 16번은 어떤 애야?"

"16번은 부끄러움이 아주 많은 아이인데 아주 착해요."

"착하다라……."

신의 아이들에 대한 편견이라고 해야 하나?

어쨌든 그런 감정을 가진 김호철로서는 착하다는 말을 믿기 어려웠다.

그런 김호철을 보며 혜원이 말했다.

"오빠도 보면 알게 될 거예요."

혜원의 말에 김호철이 그녀를 보다가 고개를 끄덕였다.

"알았어."

그러고는 김호철이 마리아를 바라보았다.

"일본에 가는 것은 그럼 우리 사무소 사람들뿐입니까?"

"아니에요. 한국 SG와 조선 길드의 정예들이 같이 움직일 거예요."

"사람 둘 데리고 오는 건데 그렇게 많은 사람이 움직입니까?"

김호철의 말에 혜원이 고개를 저었다.

"저를 따르는 사람들처럼 9번과 16번도 그들을 따르는 이들이 있어요."

혜원의 말에 생각을 해보니 천공산에 있던 사람들이 떠올랐다.

"그럼 수가 상당하겠는데?"

"그 전부가 다 따라오지는 못했을 거예요. 특히 9번의 천공산 사람들은 신의 교단 무인들 육체 수련을 하는 곳이에요. 그래서 9번에 대한 충성심은 그리 없어요. 대신 16번의 부하는 대부분 그녀를 따라 움직였을 거예요."

"어쨌든 수가 상당하다는 이야기네."

"네."

김호철과 혜원이 이야기를 나누는 사이 마리아가 어느새

협회장과 전화 통화를 시작했다.

"저희는 이야기 끝났어요. 하는 걸로……."

마리아의 말에 정민이 그녀를 향해 손을 내밀었다. 마리아가 핸드폰을 내밀자 정민이 그것을 스피커폰으로 바꾸고는 말했다.

"정민입니다. 지금 스피커폰입니다. 그리고 이 자리에 소장님과 저희 직원들, 그리고 혜원 누나가 있습니다."

–확인할 것이라도 있는 건가?

백진의 목소리에 정민이 말했다.

–대사관에서 저희가 데려와야 할 사람은 몇입니까?

"스물한 명이네."

스물한 명이면 생각보다 수가 적었다.

"신의 아이는 둘입니까?"

–그것을 어떻게 아나?

"혜원 누나가 그럴 것이라 했습니다. 그럼 나머지는 신의 아이들 부하겠군요."

–맞네.

"그럼 제가 궁금한 것 하나만 묻겠습니다."

–후! 행복 사무소 지낭(智囊)이 이리 나오니 좀 무섭군. 그래, 뭔가?

"일본 정부의 반응은 어떻습니까?"

—일본 정부라…….

“한국에 들어와 있던 혜원 누나의 망명 이야기를 듣고 공격적인 반응을 보였던 그들이에요. 그런 이들이 한국으로 신의 아이들이 망명을 하겠다는 것을 그냥 보고만 있다는 생각이 들지 않아요. 게다가 한국도 아니고 그들 나라에서 일어나는 일인데요.”

정민의 말에 백진의 대답이 잠시 들리지 않았다. 그것에 정민이 슬쩍 마리아와 직원들을 바라보았다.

“협회장님.”

작지만 강한 마리아의 음성에 백진의 웃음소리가 들려왔다.

—이거…… 하하하하!

뭔가 어색한 웃음소리와 함께 백진이 말했다.

—정민 군, 우리 길드에 들어올 생각 없나?

“저는 여기가 편합니다.”

—그런가? 이거…… 하하하!

다시 웃음을 토한 백진이 말했다.

—이거…… 조금 민망하군.

백진의 말에 정민이 눈을 찡그렸다. 어느 정도 예상을 했지만 백진의 반응을 보니…….

“미끼…… 입니까?”

—어허! 어린 친구가 너무 단도직입적이군.

백진의 말에 마리아가 전화기를 보며 말했다.

"협회장님, 정민이 말이 맞나요?"

—흠…… 좋네. 사실대로 이야기를 하자면…… 미끼는 맞네.

"협회장님!"

버럭 고함을 지른 마리아가 빠르게 말했다.

"아니, 어떻게 저희를 미끼로 할 생각을 하셨어요."

—미끼라고 해도 자네들을 희생시킬 생각은 아니었어. 그저 외형만 그렇게 보이게 하려는 것이었네. 게다가 자네들만 가는 것도 아니고 SG와 우리 조선 길드 사람들도 같이 가는 것이네. 설마하니 내가 우리 길드 사람들까지 희생을 하면서 이런 일을 꾸미겠나?

"그래도요!"

마리아를 향해 조용히 하라는 듯 손을 들어 보인 정민이 핸드폰을 향해 말했다.

"미끼라면 낚아야 할 것이 있다는 것이니…… 신의 교단입니까?"

—맞네.

"왜 일본의 일을 한국에서 나서는 것입니까?"

—그야 위에서 뭔가 거래가 있었겠지.

"그럼 지금 망명에 관한 것도 일본 정부에서 알고 있고 한국에 지원을 요청했다는 것이군요."

—맞네.

잠시 생각을 하던 정민이 말했다.

"신의 교단이 몸을 숨겼습니까?"

정민의 말에 백진이 웃었다.

—정말 못 당하겠군. 그래, 맞네. 혜원 양이 알려준 지점들에 있던 신의 교단이 다 숨어들었네.

백진의 말에 사람들이 혜원을 바라보았다. 그에 혜원이 고개를 끄덕였다.

"저 같은 경우도 만약을 대비해 저와 제 수하들만 아는 비밀 집결지를 세 개는 만들어 놔요."

"그 집결지는 모르고?"

"비밀 집결지는 신의 아이들과 호위들만이 알고 있어요."

혜원의 말을 들은 정민이 핸드폰을 향해 말했다.

"그럼…… 저희가 일본에 가면 신의 교단의 공격은 각오해야겠군요. 그것이 미끼의 역할일 테니."

—하지만 걱정은 하지 않아도 되네. 그에 대한 대비는 해놓았으니까.

"대비가 무엇입니까?"

—내가 같이 갈 것이네.

백진의 말에 마리아가 놀란 듯 핸드폰을 바라보았다.

"어르신이?"

대한민국이 보유한 최고의 능력자 칠장로. 하지만 실제로 활동하는 사람은 단 둘이다.

그런데 그 둘 중 한 명인 백진이 이 일에 직접 나선다니…….

"일본에서 어떤 조건을 걸었기에 어르신이 직접?"

—일본 조건은 모르고 이 일은 내가 결정한 것이다.

"정부에서는 모르는 것입니까?"

정부 입장에서는 한국 최고 능력자를 해외로 보내는 것은 부담스러운 일이다. 능력자가 곧 국력이라는 말이 나오는 상황에서 혹시라도 일본에 갔다가 백진이 죽기라도 하면 큰 타격인 것이다. 그만큼 백진의 위치는 능력자뿐만 아니라 한국 정부 내에서도 큰 역할이었다.

—모른다.

"그래도 되는 것입니까?"

—후! 나중에 알면 쫑알쫑알거리기야 하겠지만…… 내 다리로 내가 가겠다는데 지들이 무엇을 할 수 있겠나. 나를 감옥에 넣을 수 있는 것도 아니고 말이네.

백진의 말에 마리아가 잠시 말이 없다가 말했다.

"그런데 왜 어르신이 직접 나서시는 것인가요?"

백진이 직접 나서는 일은 거의 없었다. 최근에 움직인 것이라 해도 7년 전 이그니스 사건 때가 유일하니 말이다.

그런 백진이 왜 한국 일도 아니고 물 건너 일본 일에 나서는가 의아한 것이다.

—건방져.

"네?"

갑자기 건방지다는 말에 마리아가 당혹스러워할 때 백진이 말했다.

—일본 놈들…… 건방져.

"아……."

—한국 능력자들을 뭐로 생각을 하고 감히 우리나라에서 그리 날뛰다니…….

백진은 그것이 마음에 들지 않았던 것이다. 한두 번도 아니고 일본 능력자들이 한국에 와서 날뛰고 간 것이 말이다.

—후! 지들이 요청해서 가서 벌어진 일이니 건물 한두 개 무너져도 뭐라 말을 하지 못하겠지.

단단히 벼르고 있는 듯한 백진의 말에 마리아가 고개를 끄덕였다.

"알겠습니다. 어르신께서 같이하신다면 저희는 불만이 없습니다."

—알겠네. 그럼 삼십 분 후에 보세.

"삼십 분? 지금 이곳으로 오고 계십니까?"

—이따 보세.

끊어지는 전화에 마리아가 잠시 생각을 하다가 사람들을 준비시켰다.

3장
9번과 16번

일본 도쿄의 시가지를 관광버스 한 대가 달리고 있었다.

우우웅!

조용한 관광버스 안에서 김호철이 힐끗 뒤를 돌아보았다.

뒷좌석에는 전에 북한에서 본 적이 있는 백유가 마리아와 이야기를 나누고 있었다.

하지만 사실 백유는 백유가 아니었다. 백진이 백유로 변장을 하고 앉아 있는 것이다.

이 사실을 아는 것은 행복 사무소 사람들과 조선 길드에서 온 열 명뿐이었다. 이번 일에 같이 온 SG 두 팀은 이 일에 대해 알지 못했다.

'백진이라……. 도원군 국장이랑 같은 칠장로이니 그만큼

강하겠지? 과연 얼마나 강할까?'

백진이 얼마나 강할까 생각을 하던 김호철에게 SG 한 명이 다가왔다.

"오랜만이네."

SG의 말에 고개를 돌린 김호철이 미소를 지었다.

"이군악 중령님."

앞에 서 있는 SG는 김호철이 능력자 시험을 치를 때 시험관이었던 이군악 중령이었다.

반갑게 인사를 하는 김호철의 모습에 이군악이 웃었다.

"시험을 보러 왔을 때 괜찮다 생각을 했는데…… 요즘 활약을 보니 대어였군. 그때 좀 더 자네를 잡아볼 것을 그랬어."

"저를 못 알아보실 것 같아서 인사를 안 했는데 기억하고 계셨군요."

"뇌전 능력자는 흔하지 않으니까."

그러고는 이군악이 김호철 옆에 앉아 있는 혜원이를 바라보았다.

"이쪽이 그 유명한 동생?"

"유명한?"

의아해하는 김호철을 보며 이군악이 혜원에게 손을 내밀었다.

"SG 내에서는 블러드 나이트보다 혜원 양이 더 유명한데……. 만나서 반갑네. 이군악 중령이네."

이군악의 말에 혜원이 살며시 그 손을 잡아 악수를 하고는 말했다.

"제가 왜요?"

"고길수 팀장 벌벌 떨어대게 했다면서. 고길수 팀장이 전투 능력이 떨어져서 내근만 하고 있기는 하지만 그 능력인 상대 능력 무효화는 어지간한 대미지는 흩어버리는데 그런 사람이 토하고 난리도 아니었으니…… 게다가 이렇게 미인이 말이야."

이군악의 말에 혜원의 얼굴이 살짝 붉어졌다.

그때 일을 생각하면 고길수에게 미안한 것이다.

이군악 중령과 이런저런 이야기를 나누는 사이 김호철과 그들을 태운 버스는 동경 외곽의 한산한 마을에 도착할 수 있었다.

끼이익!

브레이크 밟는 소리와 함께 버스가 멈췄다. 버스가 멈춘 곳은 한 빌라였다.

"다 왔군."

"여기가 안전 가옥입니까?"

지금 9번과 16번은 한국 대사관 안전 가옥에서 머물고 있었다.

김호철의 물음에 고개를 끄덕인 이군악이 버스 앞으로 가더니 사람들을 향해 말했다.

"SG는 버스에서 내리면 빌라 주위로 흩어져 주위를 경계한다. 조선 길드와 행복 사무소분들은 빌라 안에 들어가 9번과 16번의 신변을 양도받으신 후 바로 버스에 탑승을 하시면 됩니다."

한국에서 출발하기 전 이미 계획을 들은 김호철과 길드 사람들이 고개를 끄덕였다.

"그럼 움직입시다!"

이군악의 말에 버스에서 사복을 입은 SG들이 빠르게 뛰어나오더니 사방으로 흩어졌다.

타타탓!

SG들이 내리자 그 뒤를 이어 내린 행복 사무소와 조선 길드 사람들이 빌라 안으로 빠르게 들어갔다.

안에는 청바지와 흰 티를 입은 남자가 있었다. 왠지 초췌해 보이는 남자는 다크서클이 짙게 내려와 있었다.

"일본 주재 대사관 무관 박성일입니다."

"그들은 어디에 있나?"

백진의 말에 박성일이 한숨을 쉬고는 계단 위를 가리켰다.

"우리가 오는 것을 모르는 건가? 어서들 내려오라 하게."

데리고 바로 출발을 해야 하는데 왜 위에 있나 싶어 묻는 백진의 말에 박성일이 다시 한숨을 쉬었다.

"그게…… 말이 통하지 않습니다."

"자네, 일본말 할 줄 모르는 건가?"

"그게 아니라……. 제 말을 들어먹지를 않습니다. 한국으로 데려갈 사람들이 온다고 말을 했는데도 김호철 씨와 김혜원 양이 오지 않으면 내려가지 않겠다고……."

그리고 박성일이 살짝 속삭였다.

"9번, 애새끼…… 재수 더럽게 없습니다."

대사관 직원이 9번을 욕하는 것을 보며 김호철이 한숨을 쉬었다.

'초췌해 보이는 것이 9번 때문인가 보군.'

"개가 똥을 못 참지."

제 버릇 어디 가겠나 싶은 김호철이었다.

"저와 혜원이가 올라가서 데리고 오겠습니다."

"두 분이 같이 올라가세요."

마리아가 박천만과 박천수를 보며 말했다. 고개를 끄덕인 박천수가 담배 한 대를 입에 물고는 계단을 올라갔다.

그런 박천수의 뒤를 김호철과 혜원이 따랐고, 그 혜원의 뒤를 칸노와 코지로가 따랐다.

혜원의 부하들을 모두 데리고 오기에는 인원이 너무 많아이번에는 칸노와 코지로 둘만이 따라왔고 나머지는 행복 사무소에 머물고 있었다.

부하들만 두고 오는 것을 혜원이 조금 불안해하기는 했지만 정민은 별일 없을 거라고 확언을 했다.

"2번 입장에서 가장 죽이고 싶은 건 혜원 누나예요. 그런데 혜원 누나를 두고 누나 부하들을 죽이러 사람을 보내요? 말이 안 돼요. 그러니 걱정하지 마세요."

정민의 말에 혜원은 칸노와 코지로만을 데리고 일본으로 온 것이다.

어쨌든 김호철과 혜원이 빌라 위로 올라갔다.

빌라 계단에는 내가 격투가다는 말을 몸으로 하는 듯한 사내들이 서 있었다.

혜원을 보고 정중하게 고개를 숙이는 사내들의 모습에 김호철이 말했다.

"16번?"

16번 부하냐는 김호철의 물음에 혜원이 고개를 끄덕이고는 일본어로 그들에게 뭐라 말을 했다. 혜원의 말에 사내들의 얼굴이 굳어졌다. 그리고 뭐라 뭐라 말을 하자 혜원이 한숨을 쉬고는 고개를 끄덕였다.

"뭐라고 한 거야?"

"왜 너희밖에 없냐고 물었는데 16번의 부하들 사이에서 의견 차이가 있어서 싸움이 났다고 하네요."

"싸움?"

"9번을 따라가겠다는 이들과 신의 교단을 지켜야 한다는 쪽의 싸움이요. 그래서 16번이 자신을 따라 9번과 함께할 이들만 데리고 나온 모양이에요."

"그럼 남은 자들은?"

"그건 아직 안 물어봤는데 물어볼까요?"

"아니, 됐어."

그러고는 김호철이 계단을 올라갔다.

3층으로 올라온 김호철은 빌라 복도에 의자를 가져다 놓고 앉아 있는 9번을 볼 수 있었다.

그리고 9번의 옆에 서 있는 한 여고생도…….

여고생은 조금은 통통한 체격의 여자아이였다. 이목구비가 예쁘고 귀엽게 생긴 것이 살이 빠지면 아주 예쁠 것 같았다.

일본 여고생 특유의 귀여운 스타일의 교복에 살짝 가슴이 두근거린 김호철이 혜원을 바라보았다.

"신의 아이도 학교 다녀?"

"학교 안 다녀요."

"교복을 입고 있는데?"

"저건 16번이 입고 싶어서 입는 거예요. 학교에 못 다니니까 교복이라도 입고 싶은 거죠. 그런데 설마 오빠, 교복 보고 좋아하는 거예요?"

혜원의 말에 김호철이 헛기침을 하며 고개를 저었다.

"그냥 궁금해서 그런 거지. 좋아하기는 무슨……."

말은 그렇게 하면서도 김호철은 호기심이 어린 눈으로 16번을 보고 있었다.

그런 김호철의 시선을 느꼈는지 16번이 살짝 붉어진 얼굴로 옆에 서 있는 거구의 사내의 뒤로 몸을 숨겼다.

'부끄러움이 많다고 하더니……. 그런데 귀엽네.'

혜원이가 고등학교를 다니고 그 모습을 옆에서 봤다면 저런 모습일까 하는 생각을 하던 김호철이 입을 열었다.

"9번, 오랜만이군."

김호철의 말을 혜원이 통역을 해주었다. 그에 9번이 고개를 끄덕이며 거만하게 입을 열었다.

"우리를 모셔갈 준비는 다 했겠지."

혜원의 통역에 김호철이 그녀를 바라보았다.

"모셔갈 준비? 그렇게 이야기해?"

"네."

"미친놈."

작게 중얼거린 김호철이 9번을 바라보았다.

"네가 미쳤구나."

"뭐라?"

"살아보겠다고 한국으로 도망치려는 놈을 누가 모셔가? 데려가는 거지."

"으드득!"

"쓸데없는 소리 계속하면 놓고 간다. 그리고 시간 없으니까 빨리 나와."

김호철의 말에 9번이 그를 보다가 입을 열었다.

"전에 나를 납치한 것에 대해 사과를 해라. 그러면 가겠다."

9번의 말에 김호철이 그를 보다가 걸음을 옮겼다.

저벅! 저벅!

김호철이 다가오는 것에 9번이 움찔했다.

스윽! 스윽!

그리고 16번의 주위에 있던 거구 몇이 복도를 막았다. 그 모습에 김호철이 거구들을 향해 말했다.

"비켜. 시간 없다."

움직이지 않는 거구들의 모습에 김호철이 눈을 찡그릴 때 혜원이 그의 옆에 다가왔다.

스윽!

혜원의 시선에 거구들이 움찔했다. 그리고 혜원이 한마디 했다.

하지만 그래도 물러나지 않는 거구들…….

그에 혜원이 손가락을 튕겼다.

"크으윽!"

혜원의 능력에 신음을 흘리는 거구들의 모습에 16번이 급히 다가왔다.

"언니! 그만해."

16번은 능숙하지는 않지만 한국어를 구사했다. 그런 16번을 힐끗 본 혜원이 거구들을 바라보았다.

능력을 풀자 신음을 흘리던 거구들의 몸이 비틀거렸다.

옆에 있던 다른 거구들이 그들을 부축하는 것을 본 혜원이 16번을 향해 말했다.

"아주 약하게 한 거야. 우리 오빠한테 무례하면 용서하지 않아."

단호한 혜원의 말에 16번이 고개를 끄덕이고는 9번을 바라보았다.

"9번, 이제 그만 가자."

16번의 말에 9번이 혜원을 바라보았다.

"난 저자에게……."

"우리 오빠라고 했어."

스윽!

날카로운 혜원의 시선에 9번이 충격을 받은 듯 그녀를 바라보았다. 늘 조용하고 잘해주며 상냥하던 혜원이 자신에게 이런 눈빛을 보이자 놀란 것이다.

"누나……."

"우리 오빠야. 말 잘 들어 그럼 나도 잘해줄게."

혜원의 말에 잠시 말이 없던 9번이 몸을 일으켰다.

"알았어."

9번의 말에 혜원이 웃으며 그 머리를 쓰다듬었다.

"착하다."

혜원의 말에 9번이 휙 하고 머리를 치웠다.

"난 애가 아냐."

"후! 그래, 이제 가자."

9번을 보던 혜원이 김호철을 바라보았다.

일본어로 나눈 대화라 김호철은 그들이 무슨 대화를 나누는지 모르고 있었다.

"됐어요."

"가겠대?"

"네."

혜원의 말에 고개를 끄덕인 김호철이 몸을 돌려 계단을 내려갔다.

계단을 내려온 김호철은 뒤통수가 간질간질한 느낌을 받았다. 그에 뒤를 돌아보니 검을 든 남자 셋이 그를 날카롭게 바라보고 있었다.

어쩐지 낯이 조금은 익은…….

'아…… 천공산.'

얼굴은 기억이 잘 나지 않지만 그들이 들고 있는 검과 분위기는 기억이 났다. 그들은 천공산에서 싸운 적이 있는 검사였던 것이다.

'셋이 살아남은 건가?'

그때 정신없이 싸우느라 몇을 죽였는지 기억이 나지 않지만 그래도 꽤 죽인 것은 생각이 났다.

자신을 적대적인 시선으로 바라보는 검사들을 보던 김호철이 그들에게 다가갔다.

움찔!

검사들의 손이 자기들도 모르게 검으로 향했다.

어느새 박천만이 김호철의 옆에 다가왔다. 검사들의 살기를 느낀 것이다.

스르륵!

박천만의 손이 금속으로 변하는 것에 김호철이 고개를 작게 젓고는 옆에 있는 혜원을 향해 말했다.

"통역 좀 해줘."

그러고는 검사들을 보며 말했다.

"천공산에서 당신들과 나 사이에 있었던 싸움…… 그것은 서로 개인적인 원한이 아니었습니다. 나는 내 동생을 찾기 위해 당신들과 싸운 것이고, 당신들은 당신들이 지켜야 할 것을 지키기 위해 싸웠습니다. 내 손에 당신들의 동료가 많이 죽은 것을 압니다. 미안한 마음은 있지만 사과는 하지 않겠습니다. 다시 그런 일이 생긴다 해도 나는 당신들을 죽일 것이니."

잠시 말을 멈춘 김호철이 혜원이 통역을 하는 것을 기다렸다가 말을 이었다.

"지금 제가 이런 말을 하는 것은 최소한 한국에 도착할 때까지는 당신들에게 제 등을 보여야 하기 때문입니다."

혜원이 통역을 모두 하자 김호철이 검사들을 보며 마지막으로 한마디 했다.

"당신들에게 제 등을 보여도 되겠습니까?"

김호철의 말에 잠시 말이 없던 검사들이 일본어로 뭐라 하기 시작했다.

"언젠가는 동료들의 원한을 갚으러 갈 것이나…… 지금은 아니다."

혜원의 통역에 김호철이 고개를 끄덕였다.

"언제든지 오십시오. 하지만 그 원한의 대상은 오직 나를 향해야만 할 것입니다."

김호철의 말에 검사들이 고개를 끄덕였다.

그런 검사들의 모습에 몸을 돌린 김호철이 빌라 입구로 향하며 혜원에게 살짝 말했다.

“저들 말 믿어도 될까?”

“저들은 사무라이예요. 자신들이 한 말을 어기지 않아요.”

“그럼 됐네.”

빌라 입구로 다가오는 김호철을 향해 백진이 말했다.

“우리는 버스를 타고 이동할 것이네.”

“그럼 저는 채병한 씨를 데리고 하늘에서 이동하겠습니다.”

김호철의 말에 전에 강원도 비구름 운송의뢰를 할 때 같은 파티를 한 적이 있는 채병한이 다가왔다.

“부탁하겠습니다.”

채병한은 탐색 능력자다.

그래서 김호철과 함께 하늘에서 움직이며 주위를 감시하려는 것이다.

김호철이 혜원과 행복 사무소 직원들을 바라보았다.

“조심들 하십시오.”

“너나 조심해. 하늘에서 괜히 떨어지지 말고.”

고윤희의 말에 고개를 끄덕인 김호철이 말했다.

“우리 혜원이 좀 부탁해.”

“나만 믿어.”

고개를 끄덕이는 고윤희를 보던 김호철이 혜원을 바라보

았다.

"몸조심해."

"오빠도."

사람들이 빌라 밖으로 나가기 시작하자 김호철이 입맛을 다시고는 채병한을 데리고 빌라 계단을 올라가기 시작했다.

빌라 옥상에 올라온 채병한이 눈을 감았다.

그러자…….

화아악!

채병한의 이마에서 금광이 번뜩이는 눈이 드러났다. 그 상태로 한 바퀴를 돈 채병한이 고개를 끄덕였다.

"신의 교단 능력자로 보이는 자들은 없습니다."

"그럼 가죠."

말과 함께 김호철이 데스 나이트와 합체를 하고는 뇌전의 날개를 소환했다.

파지직! 파지직!

뇌전의 날개를 번뜩이며 김호철이 채병한을 향해 정신을 집중했다.

화아악!

채병한의 뒤에 검은 가고일이 모습을 드러냈다.

가고일이 자신의 몸을 안아 드는 것에 채병한이 조금 긴장을 한 듯 굳어졌다.

"떨어뜨리지는 않을 테니 걱정하지 마세요. 그럼 갑니다."

파지직! 파지직!

뇌전의 날개와 함께 솟구치는 김호철의 뒤를 가고일이 따라 날아오르기 시작했다.

하늘로 치솟은 김호철이 밑을 바라보았다.

그리고 잠시 주위를 둘러보자 곧 일행들이 탄 관광버스를 찾을 수 있었다.

관광버스는 앞뒤로 승용차가 한 대씩 따르고 있었다.

미리 준비된 승용차에 SG들이 나눠 타고 관광버스를 호위하고 있는 것이다.

'SG들은 자신이 미끼라는 것을 모른다고 했지.'

이런 유인 작전은 사람들이 모르면 모를수록 효과가 있다.

그렇기에 처음에 백진이 행복 사무소 사람들에게 미끼라는 것을 감추려 했던 것이다.

김호철이 관광버스 위를 날며 뒤를 따르는 채병한을 바라보았다.

"원하는 방향을 지시하면 가고일이 알아서 날 것입니다. 그리고 이번 일에서 채병한 씨 역할이 아주 큽니다."

김호철의 말에 채병한이 고개를 끄덕였다. 그러고는 말없이 이마의 눈을 번뜩이며 주위를 살피기 시작했다.

그렇게 관광버스 위를 날며 주위를 살피던 채병한이 김호철을 불렀다.

"뭔가 잡힙니다."

채병한의 말에 김호철이 그 옆으로 몸을 움직이며 물었다.

"신의 교단?"

"그건 모르겠습니다. 저쪽 산 능선 쪽이 뿌옇게 잘 보이지 않습니다."

"잘 보이지 않는다?"

"결계로 가려져 있는 것 같습니다."

"후! 잘 보이는 것보다 잘 보이지 않는 것이 더 의심스럽군요."

김호철의 말에 고개를 끄덕인 채병한이 핸드폰을 꺼내 백진에게 전화를 걸었다.

"신의 교단이 매복을 한 위치로 파악되는 곳을 찾았습니다. 위치는 제가 사진을 찍어서 보내겠습니다."

채병한이 핸드폰으로 산을 찍고는 백진에게 사진 파일을 전송했다.

그리고 통화를 잠시 더 한 채병한이 김호철을 바라보았다.

"일본 SG들에게 지원 요청을 했습니다."

"일본 SG들이 어디에 있습니까?"

"차 타고 한 시간 거리이기는 한데 상황이 터지면 헬기를 타고 움직일 것이니 10분 이내로는 도착할 겁니다."

“10분이라…….”

사실 지금 관광차에 타고 있는 능력자들의 힘만 해도 어마어마하다 할 수 있다.

행복 사무소, 조선 길드, 거기에 한국 SG들이 타고 있다. 하나같이 B급 몬스터들은 쉽게 잡아 죽일 수 있는 이들이다.

거기에 신의 아이가 셋이나 있고 그들을 지키는 호위 무사들까지…….

아마 여기에 있는 전력으로도 게이트 두세 개 정도는 쓸어버리고도 남았다.

김호철이라는 전력을 빼고도 말이다.

하지만 문제는…….

‘칠장로인 백진에 관한 것은 숨겼지만…… 분명 혜원이나 우리들이 움직인 것에 대한 정보를 신의 교단에 흘렸을 거야. 신의 교단을 유인하려는 것인데 정보를 완전히 차단할 수는 없으니까. 그렇다면 그에 대한 전력으로 움직일 터…… 싸움이 생각처럼 쉽지는…….’

“어?”

그런 생각을 하던 김호철의 얼굴에 다급함이 떠올랐다.

관광버스를 향해 RPG가 하얀 연기를 뿜어내며 쏘아져 가는 것이 보인 것이다.

파지직!

김호철의 날개가 강하게 뇌전을 뿜으며 관광버스를 향해 쏘아져 내려갔다.

파지직! 파지직!

마치 하늘에서 벼락이 떨어지는 것처럼 빠르게 쏘아지던 김호철의 얼굴이 하얗게 질렸다.

'느리다.'

쏘아져 가는 RPG를 막기에는 느렸다. 그에 김호철이 손을 급히 내밀었다.

"골렘!"

김호철의 외침과 함께 그 손에서 뇌전이 쏘아졌다.

파지직! 파지직!

김호철의 손에서 뿜어진 뇌전이 빠르게 RPG가 날아오는 곳으로 날아갔다.

하지만…….

'시바! 느려!'

뇌전이 골렘으로 만들어지기 전에 RPG가 관광버스를…….

그런데 순간.

날아오던 RPG가 흔들리기 시작했다. 흔들리던 RPG가 방향을 잡지 못하고 움직이다가 하늘로 솟구치더니 그대로 터져 나갔다.

쾅!

후두둑!

파지직!

그리고 그제야 김호철이 만든 골렘이 땅에 나타났다.

"휴!"

그 모습에 김호철의 얼굴에 안도감이 떠올랐다. 관광버스에 RPG가 박혔다면…… 끔찍했다.

하지만 그것도 잠시, 김호철의 얼굴이 굳어졌다. 사방에서 관광버스를 향해 RPG들이 발사된 것이다.

푸슈!

푸슈!

그에 다급히 골렘에게 명령을 내리려던 김호철의 머리가 순간 뒤로 젖혀졌다.

퍼억!

아주 묵직한 주먹을 맞은 것 같은 충격에 잠시 멍하던 김호철의 몸에 다시 충격이 가해졌다.

퍼억! 퍼억!

자신의 몸과 어깨를 때리는 충격에 김호철은 이것이 총격이라는 것을 알았다. 전에 자신을 몬스터로 오인한 한국군의 총격을 받았던 경험이 덕이었다. 하지만 다른 점은 그때와 달리 충격이 아주 묵직하다는 것이다.

빠르게 몸을 회전시키며 회피 기동을 하던 김호철의 귀에 폭음이 들려왔다.

쾅! 쾅! 쾅! 쾅!

연신 들려오는 폭발음에 김호철의 얼굴이 굳어졌다.

'RPG 폭발음!'

그에 김호철이 급히 밑을 바라보았다. 다행히 관광버스는 무사했다. RPG가 날아오는 것을 안 능력자들이 자신들의 능력으로 막아낸 것이다.

어느새 버스 밖으로 나온 능력자들이 사방으로 흩어지고 있었다. 그리고 그런 능력자들을 향해 요란한 총격이 퍼부어지기 시작했다.

타타타탕! 타탕!

아무리 능력자라고 해도 살과 뼈로 이루어진 육신을 가진 인간이다. 일반인에 비해 육체 능력이 뛰어나고 빠르기는 하지만 총알을 맞으면 죽는 것이다.

하지만 그것도 맞았을 때 이야기……. 능력자들은 빠르게 사방으로 움직이며 총알을 피하거나 자신들의 능력으로 총알을 막아냈다.

특히 박천수는 대단했다. 그가 스모크 랜드를 펼쳐 깔아놓은 담배 연기들이 주위를 감싸며 날아오는 총알들을 잡아내고 있었다.

그 모습에 안도한 김호철이 날개가 움직였다.

파지직! 파지직!

김호철의 몸이 빠르게 나아가기 시작했다. 그가 향하는 곳은 RPG가 날아온 곳…… 도로 한쪽에 있던 집이었다.

쏴아악!

순간 집에서 김호철을 향해 RPG 하나가 쏘아져 왔다.

"맞을까 보냐!"

파지직!

김호철의 손가락에서 튕겨진 뇌전이 RPG을 향해 쏘아졌다.

파지직! 쾅!

뇌전이 닿는 것과 함께 RPG가 터져 나갔다. 그리고…….

쾅! 콰드득!

뇌전의 날개를 휘날리며 김호철이 집의 지붕을 뚫고 들어갔다.

타타타탕!

김호철을 향해 총알 세례가 퍼부어졌지만 총알들은 데스나이트 갑옷에 맞고 튕겨 나갔다.

파파팟!

"크아악!"

사내의 비명 소리가 들려왔다. 튕겨진 총알에 누군가 맞은 것이다.

챙그랑!

사내 둘이 창문을 깨고 밖으로 몸을 날렸다.

김호철이 뛰어들고, 총알이 쏘아지고, 누군가 총알에 맞고 유리가 깨어지는 것…… 그야말로 순식간이었다.

그 정신없는 와중에 김호철이 날개를 크게 펼쳤다.

"뇌전!"

김호철의 외침에 크게 펼쳐진 날개에서 사방으로 뇌전이 뿜어졌다.

파지직! 파지직!

콰콰쾅!

김호철이 뇌전을 뿜어낸 순간 집이 폭발했다. 방에 있던 RPG가 뇌전에 폭발을 한 것이다.

우당탕탕!

그 폭발에 벽을 뚫고 날아간 김호철이 땅에 부딪히며 뒹굴었다.

"크윽!"

충격이야 데스 나이트 갑옷이 흡수를 했지만, 뒹구는 바람에 몸의 중심이 이리저리 흔들리며 생긴 어지러움은 그대로 받아야 했다.

잠시 어지러운 머리를 흔들며 일어난 김호철의 눈에 불에 휩싸인 집과 도망을 가는 사내 둘이 보였다.

"웨어 라이온!"

김호철의 외침에 그의 손에서 뿜어진 뇌전이 웨어 라이온으로 변하며 사내 둘을 쫓아 달려갔다.

"크아앙!"

괴성을 지르며 달려가는 웨어 라이온을 뒤로하고 김호철이 하늘로 솟구쳤다. RPG를 쏘는 자들을 제거하려는 것이다.

다른 것은 몰라도 RPG는 제거를 해야 했다. RPG을 제거할 수 있는 능력자들이 있지만 혹시라도 폭발해 사람이 휘말리면 죽을 수 있는 것이다.

'두 놈 죽이고 돌아와.'

속으로 명령을 한 김호철이 하늘을 향해 솟구치고는 RPG가 날아온 곳으로 빠르게 나아갔다.

쾅! 쾅!

빠르게 하늘을 날던 김호철의 귀에 폭음이 들렸다.

소리가 난 쪽으로 고개를 돌린 김호철은 사방에서 총을 든 사내들이 관광버스를 향해 총을 쏘며 모여드는 것을 볼 수 있었다.

'방심했다.'

폭음은 수류탄 같은 것이 터지면서 생기는 소리였다. 능력자들 간의 싸움이 될 줄 알았지 이렇게 현대 무기로 공격을 할 줄은 생각 못 했던 것이다.

김호철과 일행들이 간과한 것.

그건 바로 능력자를 떠나 이건 사람과 사람의 싸움이라는 것이다.

능력이 없어도 총을 가지고 있으면 능력자를 죽일 수 있다.

그리고 그 점을 신의 교단이 이용한 것이다.

거대 몬스터와 재생력이 뛰어난 몬스터, 그리고 언데드들은 총으로 죽일 수 없지만, 사람은 능력이 아무리 뛰어나도 총알을 제대로 맞으면 죽일 수 있는 것이다.

'그런데 이놈의 나라는 대체 어떻게 돼먹은 거야?'

아무리 신의 교단이 대단하다고 해도 그렇지 민간인들이 RPG에 자동소총, 그리고 수류탄까지 집어 던지고 있는 것이다.

하지만 이건 김호철의 착각이다.

신의 교단은 민간인이지만 능력자 집단.

능력자들은 총포의 휴대가 가능한 것이 현실이니, 구하려고 하면 못 구할 것도 없는 것이다.

어쨌든 그런 생각을 잠시 하던 김호철이 땅을 향해 손을 내밀었다.

"그럼 총에 안 죽는 놈들을 보내주마. 총 든 놈들 다 죽여!"

김호철의 외침에 그의 손에서 뇌전이 땅으로 쏟아졌다.

파지직! 파지직!

"크아앙!"

김호철의 손에서 뿜어진 몬스터들이 사방으로 내달리기 시작했다.

총에 맞으면 금방 죽는 사람과 달리 몬스터는 총에 맞는다고 쉽게 죽지 않는다.

몬스터들이 총을 든 자들을 찢어 죽이고 물어 죽이는 것을 보던 김호철이 입술을 깨물었다.

사람이 죽는 모습…… 익숙해지지 않았다.

그것도 자신의 몬스터들에 의해 죽는 모습은 더욱.

'그래, 익숙해지지 말자. 이건…… 익숙해지면 안 되는 거야.'

사람들이 죽는 것에 익숙해지는 자신. 문득 그런 자신이 두려워졌다.

잠시 그들을 보던 김호철의 손에 해머가 모습을 드러냈다.

부웅!

그리고 날아가는 해머.

쾅!

폭음과 함께 RPG가 터져 나갔다. 자신이 멍하니 있는 사이 날아오는 RPG를 포착한 칼이 스스로 해머를 소환해 던진 것이다.

'고맙다.'

자신을 또 한 번 지켜준 칼에게 속으로 중얼거린 김호철이 떨어지는 해머를 흡수하고는 몸을 움직였다.

파지직!

"크아악!"

RPG를 쏘는 사내를 향해 뇌전을 튕겨 쓰러뜨린 김호철이 주위를 바라보았다. 이곳 역시 도로가 내려다보이는 민가였다.

집 안에는 시체가 있었다. 자신이 쓰러뜨린 자들 외에 나이 든 노부부로 보이는 시신 두 구가 말이다.

가슴에 피를 흘리며 죽어 있는 노부부를 보는 김호철의 얼굴은 굳어져 있었다.

이 상황…… 이해가 되었다.

매복을 위해 이 집 주인인 노부부를 죽였다는 아주 간단한 상황……. 간단하지만 이 노부부의 가족들에게는 피눈물이 날 이 상황…….

스윽!

고개를 돌린 김호철이 뇌전에 기절을 해 있는 사내들을 바라보았다.

"너희가 불쌍하다는 생각을 잠시라도 했던 내가 미쳤었다."

기절을 해 있는 사내들을 보던 김호철이 입을 열었다.

"뇌전!"

파지직! 파지직!

김호철의 몸에서 뿜어진 뇌전이 사방으로 퍼져 나갔다.

파지직! 파지직!

뇌전이 집 안을 휩쓸었다. 뇌전에 휩싸인 사내들의 몸이 타들어 가기 시작했고 집 안의 집기들 역시 타들어 가기 시작했다.

화르륵! 화르륵!

불이 나기 시작한 집 안을 잠시 보던 김호철이 한쪽에 있는 이불을 가져다 죽은 노부부들의 몸을 덮었다.

"이렇게밖에 해줄 수가 없어서 죄송합니다. 부디 좋은 곳으로……."

마음 같아서는 땅이라도 파서 묻어주고 싶었지만 지금은 그럴 시간이 없었다.

그래서 집에 불을 지른 것이다. 이렇게 외딴곳에서 죽어 있는 것보다 화장이라도 하는 것이 낫다 싶어서 말이다.

화르륵!

이불을 타고 올라가는 불길을 보며 작게 고개를 숙인 김호철이 창을 향해 몸을 날렸다.

타앗!

챙그랑!

창문을 깨며 밖으로 튀어나온 김호철이 멈추지 않고 하늘로 솟구쳤다.

아니, 솟구치려 했다.

솟구치던 김호철의 몸에 뇌전들이 빨려 들어오지 않았다면 말이다.

파지직! 파지직!

갑자기 자신에게 쏟아져 들어오는 뇌전들에 김호철의 얼굴이 굳어졌다.

'몬스터들이 당했다.'

자신이 부르지도 않았는데 돌아오는 몬스터의 뇌전은 그들이 당했음을 의미했다.

그리고 김호철이 그것을 의식했을 때 그의 몸으로 뇌전들이 더욱 빠르게 몰려 들어왔다.

파지직! 파지직!

김호철이 입술을 깨물었다. 총으로는 몬스터들을 상대하는 것이 쉽지 않다. 그런데 이렇게 빨리 몬스터들이 죽어 돌아온다는 건.

'신의 교단 능력자들이다.'

9번을 납치하러 천공산에 갔을 때와 같았다. 9번의 호위무사들이 나서자 몬스터들이 빠르게 죽어 나가며 돌아왔던 것이다.

'싸움은 지금부터다.'

김호철이 날아오는 뇌전들을 흡수하며 솟구쳤다.

파지직!

뇌전의 날개가 활짝 펼쳐지며 김호철의 몸이 하늘로 치솟았다.

신의 교단 능력자들이 나섰다는 것은 이제 싸움이 본격적으로 이뤄진다는 의미.

'사람들에게 돌아가야…….'

생각을 하던 김호철의 고개가 옆으로 돌아갔다.

퍼억!

'시발, 저격수!'

어디선가 날아온 총알에 얼굴을 맞은 것이다.

그런데…….

고개를 다시 돌리던 김호철의 얼굴이 굳어졌다. 한 청년이 김호철의 눈앞에서 야구방망이를 휘두르고 있었다.

땅도 아니고 하늘에서 갑자기 나타난 청년의 공격.

파앗!

너무 갑작스러운 상황에 김호철은 반응을 하지 못했다. 대신 칼이 번개처럼 손을 치켜들었다.

쾅!

몸을 가드한 팔에 방망이가 부딪쳤다.

야구방망이로 쳤다는 생각이 들지 않는 폭음과 함께 김호철의 몸이 튕겨져 나갔다.

쏴아악!

바람을 가르며 김호철의 몸이 땅에 처박혔다.

쾅! 우두두두둑!

땅에 처박힌 채 밀려나던 김호철이 땅을 손으로 후려쳤다.

퍽!

빙글!

땅을 치면서 몸을 솟구친 김호철의 손에서 뇌전이 번뜩였다.

파지직!

해머가 나타나는 것과 동시에 김호철이 몸을 굴렸다. 그와 함께 그가 있던 곳에 방망이가 떨어졌다.

쾅!

묵직한 소리와 함께 떨어진 방망이에 땅이 크게 터져 나가는 것을 보며 김호철이 땅을 박찼다.

"뇌전!"

파지직!

김호철의 손에서 뿜어진 뇌전이 순식간에 방망이를 든 사내를 향해 쏘아졌다. 하지만.

'사라졌다?'

방망이를 든 사내가 순식간에 모습을 감췄다.

화아악!

파지직!

사내가 있던 곳을 뚫고 저 멀리 사라지는 뇌전에 김호철의 얼굴이 굳어졌다.

'순간이동?'

움직이는 것을 보지 못했다. 말 그대로 그 자리에서 사라진 것이다.

그리고 이와 비슷한 것을 김호철은 얼마 전에 봤다. 바로 도원군의 순간이동 말이다.

그 사실을 깨닫는 것과 동시에 김호철의 해머가 크게 뒤로 휘둘러졌다. 칼이었다.

부웅!

깡!

금속이 부딪히는 소리와 함께 뒤에서 사내가 뒤로 튕겨져 나갔다.

우지끈!

"크으윽!"

나무에 부딪히며 멈춘 사내가 신음을 토할 때 김호철이 땅을 박찼다.

파앗!

부웅!

땅을 박차는 것과 함께 해머를 크게 뒤로 돌리며 휘두르려던 김호철의 몸이 뒤로 튕겨져 나갔다.

퍼억!

보이지 않는 뭔가에 강하게 맞은 김호철이 뒤로 날아가다가 땅에 해머를 박았다.

쿵!

부웅!

박힌 해머를 중심으로 크게 회전을 한 김호철이 몸을 날렸다.

휘이익!

급히 허공으로 상승을 한 김호철이 밑을 바라보았다.

'한 놈이 아니다.'

방망이를 든 놈이 순간이동을 쓴다면 방금 자신을 때린 것은 다른 능력이다.

즉, 상대는 하나가 아닌 것이다.

"적을 찾아!"

외침과 함께 김호철이 손을 밑으로 향했다.

파지직! 파지직!

김호철의 손에서 뿜어진 뇌전이 순식간에 몬스터로 변하며 사방으로 흩어졌다. 그와 함께 김호철이 주춤거리며 몸을 일으키는 사내를 향해 쏘아져 갔다.

"뇌전!"

파지직!

아직 정신을 못 차린 듯 머리를 흔들고 있는 사내를 향해 뇌전이 쏘아져 갔다.

그리고 사내가 사라졌다.

4장
습격

화아악!

파지직!

사내가 사라진 곳을 뚫고 나무에 박히는 뇌전.

'순간이동은 저 자식이 쓴 것이 아니다?'

뇌전이 날아오는 것을 느끼지 못한 듯 머리를 흔들고 있던 사내다. 그런 그가 순간이동을 쓰지는 못했을 터.

'최소 셋?'

야구방망이를 휘두르는 힘 계열 능력자, 눈에 보이지 않는 공격을 하는 능력자, 그리고 타인을 순간이동 시킬 수 있는 자.

지금 주변에 셋이 있는 것이다.

'신의 아이가 셋?'

김호철은 자신을 공격하는 자들이 신의 아이임을 알았다. 일반 능력자의 공격에 자신이 이렇게 대미지를 입을 일이 없었다. 데스 나이트의 갑옷은 어지간한 대미지는 막아버리니 말이다.

그에 김호철의 얼굴이 굳어졌다. 신의 아이들은 각각 특수한 능력을 하나씩 가지고 있다. 그리고 그 능력들은 경시할 수 없었다. 9번의 속박도 모르고 당했을 때 크게 낭패할 뻔했으니 말이다.

그런 능력을 가진 자 셋이 자신을 노리는 것이다.

생각과 함께 김호철이 땅에 빠르게 내려섰다. 그러고는 정신을 집중했다.

'오거, 힘 내봐.'

김호철의 명령에 그의 몸에서 붉은 기운이 흘러나왔다. 신의 아이 셋이 상대라면 전력을 다해야 한다. 그래서 오거의 힘까지 끌어들인 것이다.

화아악!

몸에서 피어오르는 붉은 기운을 느끼며 김호철이 주위를 둘러보았다. 곧 김호철의 시선에 웨어 라이온의 머리를 손으로 으깨고 있는 사내와 그 옆에 있는 두 명의 남자가 보였다.

우드득!

머리가 으깨진 웨어 라이온의 몸이 뇌전이 되어 김호철에게 흡수되었다.

사내들의 뒤로 웨어 라이온들과 몬스터들이 달려들었다.

"크아앙!"

그런 몬스터들의 돌진에 야구방망이를 든 사내가 몸을 날렸다.

깡! 깡! 깡!

야구방망이에 맞은 몬스터들의 몸이 산산조각으로 터지며 휘날렸다.

파지직! 파지직!

뇌전이 되어 돌아오는 몬스터들의 모습에 김호철이 아직 터지지 않은 몬스터들을 회수했다.

김호철이 사내들을 바라보았다.

사내들 중 방망이를 든 자가 앞으로 나왔다.

"역시 강하군."

한국말을 하는 사내의 모습에 김호철이 숨을 고르고는 말했다.

"신의 아이들인가?"

"맞다."

"한국말을 잘하는군."

"한국에서 태어났으니까."

한국에서 태어났다는 말에 김호철이 그를 향해 말했다.

"지금이라도 신의 교단을 떠나 착하게 살겠다고 하면 살려주겠다."

김호철의 말에 방망이를 든 자가 웃으며 고개를 저었다.

"누가 누구를 살려주겠다는 건지, 웃기는군. 이 자리가 네 무덤이 될 것이다."

스윽!

방망이를 들어 자신을 가리키는 사내를 보던 김호철이 고개를 끄덕였다.

"나를 죽일 생각이라면 나 역시 너희를 죽이는 데 아무런 가책을 받지 않아도 되겠군. 좋아, 와라!"

파앗!

말은 오라고 했지만 김호철이 먼저 그들을 향해 쏘아져 나갔다.

자신에게 신의 아이 셋이 왔다면 동료들에게 신의 아이가 몇이나 갔을지 알 수 없다.

동료들이 있는 곳에 자신보다 더 강할 것이라 생각되는 백진이 있지만 불안하기는 마찬가지인 것이다.

그리고 이 자리에 없는 2번…… 그놈이 동료들에게 갔다 생각을 하니 더 불안했다.

'빨리 죽이고 가야 한다.'

생각과 함께 김호철이 해머를 강하게 움켜쥐었다.

방망이를 든 사내 옆에 있던 자가 김호철을 향해 양손을 내밀었다.

퍼억!

눈에 보이지 않는 충격파가 김호철을 강타했다.

콰아악!

땅에 긴 자국을 남기며 뒤로 밀려나던 김호철이 앞을 바라보았다. 야구방망이를 든 자가 보이지 않았다.

'순간이동! 이그니스!'

김호철의 외침에 그의 몸에서 거대한 화기가 솟구쳤다.

화르륵!

김호철의 몸에서 불꽃이 솟구치는 것과 동시에 비명 소리가 들려왔다.

"크아아악!"

'나이스!'

순간이동으로 자신의 빈틈을 공격할 것이라 생각이 적중했다. 그의 머리 위로 떨어지던 자가 이그니스의 불길에 그대로 휩싸여 버린 것이다.

후두둑!

순식간에 숯이 되어 떨어지는 사내를 뒤로하고 김호철이 남은 둘을 향해 몸을 날렸다.

화르륵!

이그니스의 불꽃을 추진력 삼아 빠르게 쏘아져 오는 김호철의 모습에 예의 보이지 않는 충격파를 쓰는 사내가 양손을 앞으로 내밀었다.

"하압!"

사내가 양손을 내미는 것과 동시에 김호철이 기합을 지르며 손을 내뻗었다.

화르륵!

김호철의 손에서 이그니스의 불꽃이 쏘아져 나갔다.

퍼억!

순간 이그니스의 불꽃이 터져 나갔다. 하지만…….

"밀어붙여!"

김호철의 외침과 함께 그의 몸에서 마나가 거세게 빠져나갔다.

'크윽!'

그렇지 않아도 이그니스의 힘을 뽑아 쓰면 마나 소모가 크다. 거기에 지금 김호철은 데스 나이트와 오거의 힘까지 쓰는 상황……. 마나 소모에 배 속이 찢어질 것 같은 고통이 느껴졌다.

하지만 김호철은 멈추지 않았다. 이놈들을 빨리 해치우고 동료들에게 가는 것이 더욱 급했다.

화르륵!

순간 흩어졌던 불꽃이 다시 하나로 합쳐지더니 사내들을 쓸어갔다.

화르륵!

사내들이 있던 곳을 휩쓴 이그니스의 불꽃이 동그랗게 회전을 하며 위로 솟구쳤다.

화르륵!

불꽃이 솟구치는 것과 동시에 김호철이 땅을 박찼다.

'어디냐?'

이그니스의 불꽃에 그들이 죽었을 것이라 생각하지 않았다. 살아남은 자 중 하나가 순간이동을 쓴다면 눈에 보이는 공격을 맞고 있을 리가 없으니 말이다.

화르륵!

이그니스의 불꽃을 보며 주위를 빠르게 살피던 김호철이 소리쳤다.

"나오지 않는다면……."

이 주위를 쓸어버리겠다라는 말을 하려던 김호철의 얼굴이 순간 굳어졌다.

'설마?'

자신을 죽이러 왔다는 놈들이 숨어서 보이지 않는다.

"나를 묶어놓으려는?"

그 생각에 김호철이 이그니스의 불꽃을 흡수하며 솟구쳤다.

화르륵!

하늘 높이 솟구치는 이그니스의 불꽃을 흡수하며 김호철이 관광버스가 있는 곳으로 고개를 돌렸다.

관광버스는 보이지 않았다. 그저 산산이 터져 나간 버스의 잔해들만이 보일 뿐.

그리고 그 주변에서 싸우고 있는 수십 명의 능력자.

"이!"

파지직!

순간 뇌전이 강하게 뿜어지며 김호철의 신형이 빠르게 쏘아져 나갔다.

퍼억!

등에서 터지는 충격파에 김호철의 신형이 땅으로 떨어졌다. 밑으로 떨어지던 김호철이 위를 보았다. 보이지 않던 사내 둘이 하늘 위에서 그를 향해 떨어지고 있었다. 숨어 있던 둘이 김호철이 자리를 뜨려 하자 하늘로 순간이동을 해 그를 공격한 것이다.

그리고…….

퍼억! 퍼억! 퍼억!

보이지 않는 충격파가 연신 김호철의 몸을 때리기 시작

했다.

퍼퍼퍼펑!

연신 자신을 때리며 땅으로 떨어뜨리는 충격파에 김호철이 소리쳤다.

"이그니스!"

화르륵!

김호철의 몸에서 뿜어진 불꽃이 하늘로 치솟았다.

화르륵!

불기둥이 되어 치솟는 불길을 충격파가 때렸다.

퍼퍼펑!

하지만 불기둥은 그런 충격파를 뚫고 솟구쳤다.

화르륵!

화아악!

불기둥이 덮쳐 오기 전 순간이동으로 사라지는 사내 둘의 모습에 김호철이 마나를 강하게 뿜어냈다.

"흩어져!"

화르륵!

김호철의 외침에 불기둥이 산산이 쪼개지며 사방으로 쏟아졌다.

화르륵!

마치 비가 내리는 것처럼 불이 사방으로 쏟아졌다.

"크아악!"

그리고 땅에서 사람의 비명 소리가 들려왔다.

순간이동으로 땅에 나타났던 신의 아이 중 한 명이 사방에 쏟아지는 불의 비를 미처 피하지 못하고 타들어 가고 있었다.

화아악!

그리고 김호철이 떠 있는 하늘 위에 신의 아이 한 명이 나타났다. 불의 비가 떨어지는 것을 본 순간이동 능력자가 바로 하늘 위로 순간이동을 해 피한 것이다.

동료를 챙기지도 못하고 혼자 살겠다고 순간이동을 했던 신의 아이, 하지만 그도 무사하지 못했다.

"크아악!"

불의 비를 미처 다 피하지 못한 신의 아이의 어깨 한쪽이 타오르고 있었다.

그리고 그 불은 순식간에 그의 몸을 덮어갔다.

화르륵!

"크아악!"

연신 비명을 지르는 신의 아이가 그대로 땅으로 떨어져 내렸다.

퍼억!

머리부터 떨어진 신의 아이가 그대로 늘어졌다.

화르륵!

신의 아이의 몸을 순식간에 감싸며 타들어 가는 불꽃을 보며 김호철의 몸이 비틀거렸다.

'크으윽! 마나…….'

이그니스의 불꽃을 연이어 사용한 탓에 마나 고갈이 심한 것이다.

배 속이 찢어질 것 같은 마나의 공복을 느낀 김호철이 손을 밑으로 향했다.

"돌아와."

화르륵!

김호철의 명령에 사방을 태우며 거세게 타오르던 이그니스의 불꽃이 그의 손으로 빨려 들어왔다.

불꽃을 흡수하자 그제야 마나의 공복이 조금 사라졌다. 하지만 마나가 부족한 것은 여전했다.

몬스터를 소환할 때 마나 소모가 있기는 하지만 회수하면 마나가 다시 차오른다. 하지만 합체를 하거나, 몬스터의 힘을 끌어다 쓸 때는 마나의 소모가 회복되지 않았다.

지금도 불꽃을 흡수해 마나 일부를 회수하기는 했지만 기존에 있던 마나에 비하면 손실이 컸다.

'크윽! 마나석을 들고 다니던가 해야지.'

마나 공복을 느끼며 숨을 헐떡이던 김호철이 뇌전의 날개를 펼쳤다.

파지직! 파지직!

배가 고픈 것은 고픈 것이고 지금은 동료들에게 가는 것이 시급했다.

파지직!

뇌전의 파편을 휘날리며 김호철이 싸움이 벌어지고 있는 곳으로 빠르게 날아갔다.

파지직! 파지직!

곧 김호철의 귀에 폭음이 들려오기 시작했다.

쾅! 콰쾅!

그에 김호철이 밑을 내려다보았다. 밑에는 시체가 가득했다.

'우리 쪽 사람들만 아니어라…….'

속으로 중얼거리며 김호철이 빠르게 싸움터를 바라보았다. 그리고 곧 김호철의 눈에 수백 명의 사람이 싸우는 것이 보였다.

'혜원이는? 저기다!'

김호철의 눈에 혜원이와 행복 사무소 사람들이 한데 뭉쳐 싸우고 있는 것이 보였다.

파지직!

행복 사무소 사람들이 있는 곳으로 날아가며 김호철이 밑으로 손을 내밀었다.

"뇌전!"

김호철의 외침과 함께 그 손에서 뿜어진 뇌전이 땅을 향해 쏟아졌다.

파지직! 파지직!

"크아악!"

"으아악!"

행복 사무소 사람들을 포위하고 있던 사람들이 비명을 지르며 숯이 되어 쓰러졌다.

기절을 하는 수준은 이제 원하지 않았다. 지금 상대는 적이고 죽여 마땅한 괴물일 뿐이었다.

그래서 김호철은 자신이 낼 수 있는 최대 전력을 뿜어내고 있었다.

그런 김호철을 향해 검 두 자루가 날아들었다.

파앗! 파앗!

파지직! 파지직!

자신이 쏘아낸 뇌전들이 검에 끌려 치솟았다. 그리고 검이 허공에서 회전을 하더니 김호철에게 날아들었다.

'이기어검?'

무협 소설을 자주 본 김호철이다. 검이 하늘에서 스스로 날아다니는 것을 보니 이기어검술이 떠오른 것이다.

하지만 이건 이기어검술이 아니었다. 뇌전을 막기 위해 피뢰침처럼 검을 누군가가 던졌고, 그 검을 염동력을 사용하는 능력자가 조종하고 있는 것이다.

이렇게 능력자는 하나일 때보다 여럿이 모여 있을 때 그 힘이 더 강해진다. 불에 바람이 불면 그 기운이 더욱 커지고, 물에 뇌전이 떨어지면 그 범위가 더 커지는 것처럼 말이다.

어쨌든 자신을 향해 날아오는 검을 향해 김호철이 손을 내밀었다.

"치즈!"

파지직!

김호철의 손에서 뿜어진 뇌전이 검을 감쌌다. 그 상태로 김호철이 손을 아래로 휘저었다.

파앗!

그러자 뇌전의 줄이 당겨지며 검이 밑으로 쏘아졌다. 생각대로라면 밑에 있는 적의 몸을 뚫어야 할 검.

하지만 밑으로 쏘아지던 검이 산산이 쪼개지며 흩어졌다. 그리고 김호철의 몸이 밑으로 당겨졌다.

'염동력!'

자신의 몸을 감싸며 당기는 힘에 김호철의 몸이 밑으로 끌려 내려갔다. 그리고 그런 김호철의 밑으로 불길이 휩쓸고 지나갔다.

화르륵!

그와 함께 밑으로 당겨지는 힘이 사라지자 김호철이 불이 날아온 곳을 바라보았다.

마리아가 그를 향해 날아오고 있었다.

"이리 와요!"

마리아의 말에 김호철이 그녀를 향해 날아갔다.

파지직! 파지직!

"능력자들의 보이지 않는 능력은 몸 주위에 마나를 뿜어 밀어내면 막을 수 있어요."

자신을 향해 날아오는 김호철을 보며 마리아가 소리쳤다.

"마나?"

김호철의 반문에 마리아가 더 말을 하지 않고 몸 주위로 불길을 뿜어냈다.

화르륵!

그 모습에 김호철 역시 몸 주위로 뇌전을 감쌌다.

파지직! 파지직!

"염동력을 조심해요. 하나둘이 아니라 여러 명이 염동력을 모아서 써서 상당히 번거로워요."

"알겠습니다."

"따라와요."

말과 함께 마리아가 적진 한가운데로 떨어져 내렸다.

화르륵!

불꽃을 사방으로 뿜어내며 떨어지는 마리아의 모습에 김호철도 그 뒤를 따라 적진에 뛰어들었다.

파지직! 파지직!

적진 한가운데에 떨어진 마리아가 사방으로 불꽃을 날렸다.

화르륵! 화르륵!

그러자 적 중 몇이 땅을 양손으로 강하게 쳤다.

우드드득! 우드드득!

그러자 땅이 솟구치며 마리아의 불꽃을 막아냈다.

하지만…….

쾅!

막는 것도 잠시 땅이 불꽃에 터져 나가며 흩어졌다. 그리고 그 뒤를 이어 김호철의 뇌전이 불꽃을 뚫고 능력자들을 덮어갔다.

파지직! 파지직!

"으으으으윽!"

"우우우우!"

뇌전에 감전이 되어 비명도 지르지 못하고 바들바들 떨며 쓰러지는 능력자들의 모습에 김호철이 손을 들었다.

"오거!"

김호철의 외침에 그 손에서 거대한 뇌전이 뿜어져 나갔다.

파지직! 파지직!

김호철의 손에서 뿜어진 뇌전이 적들 사이에서 오거로 변했다.

"크아아앙!"

괴성과 함께 오거의 거대한 몸집이 드러났다.

평소라면 뽑지 않았을 오거……. 하지만 적들 사이에 풀어놓는다면 그걸로 오케이다. 굳이 명령을 하지 않아도 미친 듯이 날뛸 것이니 말이다.

'좋아! 날뛰어라!'

그리고 그 말대로 오거가 날뛰기 시작했다. 김호철의 명령을 들어서가 아니라 날뛰고 싶어서이지만.

"크아아아!"

오거가 날뛰기 시작하자 적진에 동요가 일었다.

사실 신의 교단 능력자들은 약하지 않다. 평소라면 열 명 정도로 A급 몬스터 잡는 것도 가능하다. 하지만 오거의 크기가 너무 크고 적들은 모여 있었다. 그러다 보니 대응이 느린 것이다.

그리고 그런 동요를 김호철과 마리아는 놓치지 않았다.

화르륵!

마리아가 직선으로 거대한 화염을 뿜어내자 그 뒤를 김호철의 뇌전이 따랐다.

파지직!

하지만 마리아의 화염이 얼어붙었다.

화아악! 화아악!

빠르게 자신의 얼음을 얼리며 다가오는 냉기에 마리아가 눈을 찡그렸다.

"감히!"

화르륵!

그와 함께 마리아의 손에서 더욱 거센 불길이 뿜어져 나갔다.

화르륵!

그러자 빠르게 얼어붙어 오던 불기둥이 다시 타오르기 시작했다.

"내 불을 누가 건드려!"

외침과 함께 마리아가 양손을 강하게 후려쳤다.

쾅!

그러자 마리아의 불기둥이 크게 출렁이더니 그대로 터져 나갔다.

화르륵! 화르륵!

사방으로 뿜어져 나가는 불의 비에 신의 교단에서 한 사내가 뛰어나왔다.

파앗!

허공으로 뛰어오른 사내가 양손을 강하게 휘둘렀다.

화아악! 화아악!

사내의 손에서 뿜어진 하얀 냉기가 사방으로 퍼져 나갔다.

쩌쩌쩍! 쩌쩌쩍!

사내의 손에서 뿜어진 냉기가 우산처럼 펼쳐지며 불의 비를 막아냈다.

화아악! 화아악!

냉기에 떨어진 불의 비가 사그라드는 것에 김호철이 그 사내를 향해 몸을 날렸다.

'신의 아이다.'

마리아의 불을 이렇게 막아낼 수 있는 건 신의 아이뿐이다. 그래서 잡으려는 것이다.

쩌쩌쩍!

사내를 향해 몸을 날리던 김호철의 주위로 얼음의 결정들이 빠르게 생기기 시작했다.

'저놈 능력이다.'

능력자의 능력이 자신을 덮치면 마나를 뿜어 가드하라는 마리아의 말을 떠올리며 김호철이 뇌전의 날개를 활짝 펼쳤다.

"하압!"

파지직! 파지직!

김호철의 뇌전의 날개가 활짝 펴지며 사방으로 뇌전을 뿜어내기 시작했다.

쩌쩌쩍! 챙!

김호철의 뇌전에 얼음의 냉기들이 부서지며 흩어졌다.

마치 수정 조각들처럼 흩어지는 냉기들을 뚫고 나가려던 김호철의 얼굴이 굳어졌다. 박살이 나며 흩어지던 냉기들이 빠르게 회전을 하기 시작한 것이다.

날카로운 얼음 조각들이 김호철을 향해 회오리치며 쏟아졌다.

"뇌전!"

파지직! 파지직!

김호철의 몸에서 뿜어진 뇌전이 얼음 조각들을 향해 뿜어졌다. 그런데…… 얼음 조각들이 뇌전을 오히려 흡수했다.

'뭐?'

의아해하는 것도 잠시, 얼음 조각들이 뇌전을 뚫고 김호철을 향해 쏟아졌다.

채채채채채챙!

"으으으윽!"

사방에서 쏟아지는 얼음의 비수에 김호철이 얼굴을 팔로 가드한 채 신음을 흘렸다.

채채채챙!

데스 나이트의 갑옷에 막혀 깨져 나갔기 때문에 얼음의 비수 중 몸에 박히는 것은 없었다. 하지만 그 충격은 갑옷을 뚫고 몸에 대미지를 주고 있었다.

'크으윽! 이그니스!'

화르륵!

순간 김호철의 몸에서 뿜어진 거대한 화력에 갑옷을 두들겨 패던 얼음의 비수들이 그대로 녹으며 사라졌다.

충격이 사라지는 것과 함께 김호철의 무릎이 구부러졌다.

털썩!

충격도 충격이지만 마나 소모가 극심했다.

데스 나이트와 합체 거기에 가고일의 날개까지 사용하고 있다. 거기에 오거까지 소환을 한 상태. 그리고 지금 이그니스를 소환하자 마나 소모가…….

김호철의 몸에서 검은 기운이 뿜어져 나왔다.

화아악! 화아악!

그리고 검은 기운은 데스 나이트로 변했다. 극심한 마나 소모로 합체가 풀린 것이다.

'합체가?'

합체가 풀린 것을 안 김호철이 놀라 자신의 손을 볼 때 칼이 급히 그의 몸을 안고는 내달렸다.

"칼 폰 루이스!"

칼의 외침에 다니엘이 재빠르게 그를 앞서더니 빠르게 능력자들 사이로 뛰어들었다.

퍼퍼퍽! 퍼퍽!

다니엘의 주먹에 능력자 몇이 미처 반응하지 못하고 대가리가 터지며 죽어 나갔다.

다니엘이 싸우며 만들어내는 길을 칼이 빠르게 따라 움직였다. 지금 칼과 다니엘의 머릿속에는 오직 단 하나의 생각밖에 존재하지 않았다.

주군을 안전한 곳으로…….

파파팟!

다니엘이 만들어 놓은 길을 빠르게 내달리는 칼.

하지만 다니엘이 만들던 길은 곧 막혔다. 능력자들이 그 앞을 가로막은 것이다.

그들도 김호철이 지금 위기라는 것을 깨달았기에 이 기회를 놓치지 않으려 했다.

화르르륵!

능력자들 위로 화염이 쏟아졌다. 김호철의 위기를 인식한 마리아가 길을 뚫기 위해 화염을 뿜어낸 것이다.

하지만 화염은 어느새 만들어진 얼음의 벽에 가로막히고 말았다.

파앗!

얼음의 벽을 밟고 신의 아이가 마리아를 향해 솟구쳤다.

쩌쩌쩌쩍!

커다란 얼음의 덩어리들이 마리아를 향해 쏘아졌다. 얼음을 피한 마리아가 걱정스러운 눈으로 데스 나이트 쪽을 바라보았다.

하지만 김호철에게 마리아도 더 이상 신경을 쓸 수 없었다.

쩌쩌쩍!

자신을 향해 얼음의 창이 날아오고 있었다.

화르륵!

얼음의 창을 향해 불길을 쏘아낸 마리아의 얼굴이 굳어졌다. 얼음의 창이 불길을 뚫어내고 여전히 날아오고 있는 것이다.

'제길!'

그뿐이 아니었다. 밑에서 쉴 새 없이 그녀의 움직임을 방해하기 위한 염동력이 밀려오고 있었다.

신의 아이의 얼음 공격과 염동력자들의 염동력까지. 마리아도 지금 김호철을 도울 여력이 없었다.

5장
3번의 능력 발현

채채챙!

사방에서 날아오는 검과 화살들을 손으로, 때로는 몸으로 막아내는 칼의 모습에 김호철은 조급했다.

어느새 주위에는 신의 교단의 능력자들이 그들을 둘러싸고 연신 공격을 하고 있었다.

길을 뚫던 다니엘도 김호철의 위기를 느꼈는지 서둘러 돌아와 미친 호랑이처럼 사방으로 날뛰며 적들을 막아내고 있었다.

'제길…… 신의 아이들이 더 오면 끝이다!'

지금 상황에서 신의 아이가 나타난다면 큰일이라 생각을 한 김호철이 주먹을 움켜쥐었다.

파지직! 파지직!

주먹에서 미약한 뇌전이 피어 나왔다. 평소와는 비교할 수 없이 작은 뇌전…….

'지금 마나로는 몬스터를 더 뽑을 수도 없다.'

그런 생각을 하던 김호철이 칼의 몸을 만졌다. 하지만 곧 김호철이 한숨을 쉬며 손을 떼어냈다.

칼을 흡수한다면 마나가 급격히 회복되기는 할 것이다.

하지만 그렇다 해도 할 수 있는 것은? 공복감을 채우는 것 정도밖에는…….

'없다.'

데스 나이트와 합체하는 것은 오직 자신의 안전을 위해서다. 데스 나이트와 합체를 하면 자신의 방어력과 공격력이 올라가지만, 실제 데스 나이트는 자신의 기량을 모두 펼치지 못하고 전투력은 떨어져 버리는 것이다.

그에 김호철이 오거를 향해 고개를 돌렸다. 오거는 여전히 잘 날뛰고 있었다.

'일단 오거를…….'

자기 말을 듣지 않는 놈이니 지금 될지 안 될지 모른다. 하지만 지금 상황에서 흡수할 수 있는 마나는 오거뿐이다. 그리고 오거의 마나라면 지금 이 공복은 사라질 것이다.

퍼억!

오거를 흡수하기 위해 손을 내밀던 김호철의 몸이 큰 충격과 함께 붕 떠올랐다.

"커억!"

김호철은 정신이 없었다. 숨을 쉴 수 없을 정도로 묵직한 통증이 온몸으로 퍼져 나갔다.

'아프다…….'

데스 나이트 갑옷을 걸치지 않은 상태에서 이렇게 큰 충격을 받은 적이 없다. 그래서 더 고통스러웠다.

"커억!"

고통에 찬 신음을 토하며 떠오른 김호철의 눈에 칼이 산산이 쪼개지는 것이 보였다.

파지직!

산산이 쪼개진 데스 나이트가 뇌전이 되어 흡수되자 김호철은 통증이 줄어드는 것을 느꼈다.

그리고 또 다른 뇌전이 김호철의 몸에 흡수되었다.

파지직!

'다니엘이다.'

뇌전에 이름이 적힌 것은 아니지만 김호철은 지금 자신에게 흡수된 것이 다니엘의 뇌전인 것을 알았다.

그리고 김호철은 얼굴이 굳어졌다. 어떻게 된 상황인지 모르지만 데스 나이트 두 기가 지금 순식간에 제거된 것이다.

'신의 아이?'

신의 아이를 떠올리던 김호철의 몸이 땅에 떨어졌다.

쿵!

땅에 떨어지는 것과 동시에 급히 몸을 일으킨 김호철이 손을 들었다.

"오거!"

김호철의 외침에 그를 향해 공격을 하려던 능력자들이 급히 뒤로 물러났다. 김호철이 몬스터 소환 능력자라는 것은 이미 다 알고 있는 것이다.

하지만 김호철이 오거를 외친 것은 꺼내기 위한 것이 아니었다. 아니, 오히려 반대였다.

'제발! 돌아와. 제발!'

오거를 흡수한다면 데스 나이트와 합체하고 움직일 수 있을 정도의 마나양이 될 것이다. 그래서 오거를 흡수하려는 것이다.

제발 돌아오기를 기도하며 오거를 흡수하려던 김호철의 얼굴이 굳어졌다. 아무런 반응이 없는 것이다.

'오거, 이 개새끼!'

욕설과 함께 김호철이 뇌전을 뿜어냈다.

데스 나이트 두 기의 마나를 흡수한 이상 몸에서는 마나가 들끓었다. 데스 나이트와 합체할 수 있는 양은 되지 않아도 방어를 위해 뇌전을 뿜어낼 양은 충분하고도 넘쳤다.

파지직! 파지직!

김호철의 몸에서 뿜어진 거센 뇌전이 주위를 휩쓸었다. 마치 뇌신이 강림한 것 같은 뇌전을 뿜어내며 김호철이 주위를 빠르게 훑었다. 어떤 놈이 나타났는지 확인하기 위해서 말이다. 그리고 앞에…….

'2번.'

그의 앞에 2번이 있었다.

탁탁탁!

먼지를 털어내듯 손을 털어내며 이번이 김호철을 바라보았다.

"생각보다 더 많이 날뛰는군요."

2번의 말에 김호철이 뇌전을 두른 채 주위를 경계했다. 주위에 있는 능력자들은 더 이상 김호철에게 신경을 쓰지 않고 그를 둘러싸고만 있었다.

"흡! 후!"

그에 숨을 크게 들이마시고 내뱉은 김호철은 몸에 마나가 조금씩 차오르는 것을 느낄 수 있었다.

'3번…… 죽기 전에 좋은 것 알려주고 갔구나.'

지금 이곳은 수백 명의 능력자가 싸움을 하고 있었다.

그들이 뿜어내는 마나의 대부분은 자연으로 돌아가고 사

라지지만 어쨌든 지금 이곳은 다른 곳에 비해 마나 밀집이 조금은 더 높았다. 그래서 숨을 크게 들이쉬고 내뱉자 몸에 마나가 차오르는 것이 느껴지는 것이다.

일반 능력자라면 느끼지 못할 마나양이겠지만, 김호철은 일반 능력자에 비해 수십 배의 마나를 흡수한다. 보통 능력자가 1의 마나를 흡수한다면 김호철은 같은 시간에 30, 혹은 50 이상의 마나를 흡수하는 것이다. 그래서 게이트가 열릴 때 마나 때문에 몸이 터질 것 같은 고통을 느끼는 것이다.

어쨌든 숨을 크게 들이마시고 내뱉으며 김호철은 2번을 바라보았다.

"여기에 이러고 있어도 되나?"

김호철의 말에 2번이 싸움이 한창인 곳을 바라보았다.

"저쪽 생각보다 잘 버티는 것 같지만…… 그것도 오래 못 갈 겁니다."

그러고는 2번이 김호철을 향해 고개를 돌렸다.

"제가 그쪽을 약하게 본 것 같습니다."

"그건 네가 멍청해서지."

멍청이란 말에 2번이 웃었다.

"조금은 그런 것 같습니다. 신의 아이 셋이면 당신을 잡아낼 수 있을 것이라 생각을 했는데…… 제 계산이 조금 틀렸습니다."

말과 함께 2번이 턱을 손으로 괴고는 고개를 갸웃거렸다.

"그런데 이상하군요. 17번의 순간이동에 5번의 물리 공격력, 거기에 10번 충격파면 당신을 상대할 수 있을 거라 생각했습니다. 그런데…… 여기 계신 것을 보면 그들은 죽었습니까?"

"나만 이 자리에 있는 걸 보면 짐작 가능한 것 아닌가?"

"하!"

짧게 웃음을 토한 2번이 고개를 저었다.

"조금 열이 받는군요."

스윽!

2번이 김호철을 바라보았다.

"당신은 내가 생각한 변수…… 이미 알고 있는 변수라 변수가 아닐 것이라 생각을 했는데…… 역시 변수는 변수인 모양이군요."

2번의 말에 김호철이 긴장 어린 눈으로 그를 바라보았다.

"흡! 후!"

길게 숨을 들이마시며 김호철이 마나 흡수에 집중을 했다. 최대한 시간을 끌면서 마나를 조금이라도 더 흡수해야 했다.

'마나야, 더 많이 들어와라. 더 많이 들어와.'

생각과 함께 김호철이 데스 나이트와 합체를 했다.

철컥! 철컥!

그사이 데스 나이트와 합체를 할 정도의 마나를 흡수한 것이다.

자신의 몸을 감싸는 데스 나이트의 갑옷을 느끼며 김호철은 호흡에 집중을 했다.

'마나…… 마나…… 더 많이…… 더 많이…….'

데스 나이트의 갑옷과 합체한 상태에서도 김호철은 더욱 더 마나를 원했다.

아니, 데스 나이트와 합체를 하자 더욱 마나에 대한 갈구가 커졌다. 데스 나이트를 흡수했을 때 차올랐던 마나가 합체로 인해 다시 공백이 되었으니 말이다.

'마나…… 마나…….'

배 속이 찢어질 것 같은 마나의 공백에 김호철의 머릿속에는 마나에 대한 갈구밖에는 생각이 나지 않았다.

지금 이 순간은 2번에 대한 생각도 들지 않았다.

오직, 마나.

그것만이 김호철의 머릿속을 가득 채우고 있었다.

'제길! 다음부터는 마나석 몇 개 들고 다녀야지.'

반드시 그래야겠다는 생각을 하며 김호철이 2번을 바라보았다.

2번은 뭔가에 놀란 듯 자신을 보고 있었다.

'저 새끼 왜 저러지?'

공격할 것처럼 분위기를 잡을 때는 언제고 가만히 있는 것이다.

그리고…….

"너…… 어떻게?"

뭘 물어보는지 알 수 없는 2번의 말에 김호철은 대꾸하지 않았다. 그저 호흡만 열심히 하며 마나가 빨리 회복되기를 바랄 뿐이었다.

말이 없는 김호철을 보며 2번이 굳은 얼굴로 말했다.

"어떻게 네가…… 신의 마나를?"

신의 마나라는 말에 김호철의 얼굴에 의아함이 어렸다.

'신의 마나면 3번의 숨겨진 능력인데? 왜 그걸 나한테 묻는 거지?'

하지만 그 의아함은 곧 놀람으로 떠올랐다. 의문에 대한 생각이 그의 머릿속에 몇 가지 답을 내놓은 것이다.

3번의 마나를 흡수했을 때, 그놈이 자신의 몸 안에서 들어왔었다. 그때 3번은 마나 그 자체였다. 그리고 그 3번의 마나를 이그니스가 먹었다. 하지만 이그니스 역시 김호철 자신의 몸속에 있는 마나의 덩어리…… 즉, 김호철 자신이 먹은 것이나 마찬가지다.

'설마? 그때 3번의 능력을 내가 흡수한 건가?'

2번은 자신이 3번의 신의 마나를 쓰는 것이라 생각을 하고 있다.

2번은 치밀한 놈이다. 그러니 3번의 능력을 잘못 봤을 일이 없다. 그렇다면 분명 지금 김호철은 자신은 자기도 모르게 3번의 신의 마나 능력을 쓰고 있을 것이다.

신의 마나, 주위에 존재하는 마나를 고정시키는 능력…….

'나도 모르는 능력이 배고파서 나온 거군.'

3번의 마나를 먹고 난 후 한 번도 느껴보지 못한 능력, 신의 마나. 그리고 지금 그 능력을 의식하지도 못한 채 사용할 수 있었던 것은 바로 마나 부족에서 야기된 김호철의 배고픔 때문이었다.

미친 듯이 마나를 흡수하기 시작하며 마나를 조금이라도 더 흡수하기 위해 주위 마나를 고정시키고 그것을 흡수하고 있었던 것이다.

그것을 깨달은 김호철이 정신을 집중했다.

무의식적으로 흡수하는 양이 이 정도인데 의식을 집중한다면?

그 양은 커질 것이다.

'생각은 능력이 되고 이미지는 힘이 된다.'

이제는 자신의 철학이 되어버린 말을 속으로 새기며 김호철이 이미지화를 하기 시작했다.

이미지화하는 것은 쉬웠다. 실제로 게이트가 열릴 때 생성

되는 마나의 결정들을 눈으로 본 적이 있으니 말이다. 마나가 자신에게 모여드는 것을 말이다.

곧 김호철의 주위로 티처럼 작은 빛 알갱이들이 생성되기 시작했다.

화아악! 화아악!

작은 마나 결정체가 생성되는 것에 김호철이 데스 나이트 투구를 해제하고는 입을 쩌억 벌렸다.

"흐으으읍!"

그러고는 크게 숨을 들이마시자 마나의 결정들이 김호철 입안으로 빨려 들어왔다.

화아악! 화아악!

마나의 결정들을 미친 듯이 흡입하는 김호철의 모습에 심상치 않음을 느꼈는지 2번이 양손을 모았다.

마치 장풍을 쏠 것 같은 모습으로 2번이 기합을 질렀다.

"하앗!"

펑!

그와 함께 2번의 모아진 손바닥 사이에서 빛의 구체가 포탄처럼 쏘아져 나왔다.

우르릉! 우르릉!

뇌성과 같은 소리와 함께 맹렬하게 쏘아져 오는 빛의 구체를 향해 김호철이 양손을 내밀었다.

"멈춰!"

김호철의 외침에 날아오던 빛의 구체가 거짓말처럼 그대로 멈췄다.

우우웅! 우웅!

허공에 멈춰 있는 빛의 구체에 2번의 얼굴이 굳어졌다.

"갈!"

2번의 기합에 빛의 구체가 다시 앞으로 나아가기 시작했다.

그런 빛의 구체에 김호철이 다시 정신을 집중했다.

신의 마나. 마나를 고정시킬 수 있는 능력이다.

지금 날아오는 빛의 구체 역시 마나의 덩어리. 따라서 신의 마나의 능력 안에 자유로울 수 없다.

"멈춰!"

김호철의 외침에 빛의 구체가 다시 멈췄다. 그것을 본 김호철이 미소를 지었다.

'3번 이놈, 제삿밥은 챙겨주마.'

마나 고정이라는 능력은 막상 사용해 보니 사기적이었다.

마나라는 것은 능력자에게 모두 적용되는 것이다. 즉, 자신의 뇌전이나 마리아의 화염 공격과 같은 것도 고정시키려 하면 고정시킬 수 있다는 것이다.

지금은 빛의 구체를 멈추게 했지만 신의 마나 능력에 익숙해진다면 마나를 사용하는 능력자의 움직임까지 봉하는 것이 가능할 것이다. 물론 그것은 나중에 시도해 볼 문제지만.

어쨌든 지금 빛의 구체를 멈춘 김호철이 2번을 향해 땅을 박찼다.

'첫 번째 능력은 빛의 구슬……. 그럼 두 번째 능력이 뭐냐?'

속으로 중얼거리며 김호철은 연신 숨을 들이마시고 내뱉었다. 그리고 그럴 때마다 김호철의 입으로는 마나의 결정체들이 빨려 들어왔다.

마나의 결정체들을 흡수하자 김호철의 마나 보유량은 빠르게 차올랐다.

그럴 수밖에……. 마나를 그냥 흡입하는 것도 아니고 마나를 모아 고정을 시킨 결정체를 흡수를 하고 있으니 말이다.

빠르게 차오르는 마나에 김호철은 포만감을 느끼며 2번을 향해 손을 내밀었다.

파지직!

김호철의 손에서 뿜어진 뇌전이 2번을 덮쳐 갔다.

뇌전이 쏘아져 오는 것에 2번이 품에 손을 넣었다가 뺐다. 2번의 손에는 손바닥만 한 크기의 쇠못이 들려 있었다.

쇠못을 잡은 2번이 강하게 손을 휘둘렀다.

2번의 손에서 던져진 쇠못이 땅에 박혔다.

파파팟!

그러자 2번을 향해 쏘아지던 뇌전이 쇠못으로 빨려갔다.

그 모습에 김호철이 손을 끌어당겼다.

"치즈!"

김호철의 외침에 뇌전을 빨아들이던 쇠못이 땅에서 뽑혀 나왔다.

파파팟!

하지만 김호철이 원한 것은 쇠못을 뽑는 것이 아니었다.

쇠못을 뽑는 것과 동시에 몸을 휙 하니 회전하며 김호철이 2번을 향해 손을 뿌렸다.

파파파팟!

뇌전을 머금은 채 쏘아져 오는 쇠못에 2번이 놀란 듯 급히 뒤로 물러나며 양손을 모았다.

"갈!"

우르릉!

2번의 기합과 함께 예의 빛의 구체가 포탄처럼 쏘아져 왔다.

"소용없다! 멈춰!"

김호철의 외침에 빛의 구체가 다시 허공에 멈췄다.

그 모습에 2번이 입술을 깨물었다.

"제길!"

그런 2번의 모습에 김호철이 쾌재를 부르며 숨을 크게 들이마셨다.

화아악! 화아악!

마나의 결정을 흡수하며 김호철이 해머를 소환했다.

화아악! 화아악!

새까맣고 커다란 해머를 만들어낸 김호철이 아직 자세를 풀지 못한 2번을 향해 휘둘렀다.

'두 번째 능력이 뭐냐?'

김호철은 이 공격이 통할 것이라 생각하지 않았다. 이렇게 쉽게 죽일 수 있었다면 이런 고생을 할 이유가 없으니 말이다.

부웅!

"신의 방어!"

2번의 외침과 함께 김호철의 해머가 그의 몸을 때렸다.

까앙!

2번의 몸을 때린 순간 김호철의 얼굴이 일그러졌다.

'이게 2번의 두 번째 능력?'

우우우웅!

마치 단단한 쇳덩어리를 야구방망이로 때린 것처럼 해머가 울기 시작한 것이다.

'끄으으윽!'

신음을 흘리며 김호철이 손에 힘을 주었다. 이럴 때 손에 더 힘을 빼면 저림이 더 심한 것이다.

우두둑!

그리고 그런 김호철을 향해 2번이 양손을 내밀었다. 예의 빛의 구체를 쏘는 자세를 취하는 2번을 향해 김호철이 정신을 집중했다.

'쏘아진 순간 멈춘다.'

화아악!

2번의 모아진 손바닥 안에서 빛이 모이기 시작했다. 눈 깜짝할 사이에 모이는 빛이었지만 김호철의 눈에는 아주 천천히 보였다. 그만큼 김호철의 정신이 집중이 되어 있는 것이다. 그리고…….

푸욱!

'푸욱?'

갑자기 들려오는 푸욱이라는 소리에 '이게 무슨 소리지?' 하는 생각을 하던 김호철의 얼굴이 굳어졌다.

문득 배에서 화끈한 고통이 느껴진 것이다.

"커억!"

그리고 김호철의 입에서 피가 토해졌다.

주루룩! 주루룩!

데스 나이트 투구를 타고 흘러내리는 핏물…….

'왜?'

왜 자신이 피를 토하고 배가 아픈가? 하는 의아함에 고개를 숙인 김호철의 눈에 배를 뚫고 들어와 있는 뭔가가 보였다.

'땅?'

커다란 송곳 같은 것이 땅에서 삐져나와 자신의 배에 닿아 있었다.

주르륵!

송곳을 타고 흘러내리는 피를 보니 저게 자신의 배를 뚫고 들어온 모양이었다.

'이게…….'

김호철은 어쩐지 현실감이 없었다. 2번의 능력은 빛의 구체와 신의 방어인가 하는 두 개……. 땅에서 송곳 기둥을 뽑아내는 능력은 없는 것이다.

멍하니 고개를 드는 김호철의 눈에 2번이 미소를 짓는 것이 보였다.

"이걸 제 능력이라고 생각한 당신의 실수입니다."

2번이 모아놓은 손바닥의 빛의 구체가 빛을 뿜어내기 시작했다.

펑! 우르르릉!

2번의 손바닥에 모여 있던 빛의 구체가 김호철을 향해 쏘아졌다.

쾅! 부웅!

빛의 구체가 터진 충격에 김호철의 몸이 뒤로 떠올랐다.

'빛의 구체……. 이건 신의 능력이 아니었구나. 그럼 뭐지? 진짜 장풍 같은 건가?'

상황과 어울리지 않는 의문을 잠시 떠올리며 김호철은 작게 웃었다.

'후! 이런 상황에서…… 내가 방심을 했던 건가?'

김호철은 자신이 속았음을 알았다.

2번의 능력이라 생각했던 빛의 구체는 사실 신의 능력이 아니었다. 신의 방어라는 것이 첫 번째 능력…… 그리고 땅에서 솟아난 송곳, 그것이 두 번째 능력이었다.

털썩! 후두둑! 후두둑!

생각과 함께 땅에 떨어진 김호철은 자신의 몸에서 부서져 떨어지는 데스 나이트 갑옷을 바라보았다.

"흡!"

그리고 순간 지독한 고통이 배에서 느껴졌다.

"쿨럭!"

피를 크게 토한 김호철의 앞에 2번이 다가왔다.

"그만 죽으세요."

2번이 손을 내미는 것과 함께 그 손에 빛이 모여들기 시작했다.

"크으윽! 그건…… 뭐지?"

김호철의 말에 2번이 자신의 손바닥에 모여드는 빛을 보며 미소를 지었다.

"마나입니다."

"마나?"

"마나는 그 자체로 순수한 에너지입니다. 제 마나를 응축해서 이렇게 탄처럼 쏘는 것입니다. 효율은 조금 떨어지지만 위력은 나름 쓸 만하죠. 그리고……."

2번이 웃으며 김호철을 향해 손바닥을 가까이 하며 말했다.

"제 능력이라 오해하기에 충분하지요. 멍청한 당신처럼……."

펑!

우르릉!

2번의 손에서 빛의 구체가 쏘아졌다.

바로 지척이라 할 수 있는 거리…….

"갈!"

김호철의 일갈에 쏘아지던 빛의 구체가 바로 그의 앞에서 멈췄다.

"아직 힘이 남아 있었습니까?"

말과 함께 2번이 발을 슬쩍 들었다가 강하게 땅을 밟았다.

쿵!

그리고 2번의 얼굴에 의아함이 어렸다. 그의 두 번째 능력 신의 대지가 발현이 되지 않았다.

"어째서?"

의아해하는 2번을 보며 김호철은 정신을 집중했다.

'생각은 능력이 되고 이미지는 힘이 된다.'

생각과 함께 김호철은 신의 마나를 통해 마나를 고정화하고 흡수하기 시작했다.

화아악! 화아악!

김호철의 주위로 마나의 결정이 형성되며 그의 몸으로 스며들었다.

'배로 모여들어.'

김호철의 생각과 함께 마나들이 빠르게 구멍이 뚫린 배로 모여들기 시작했다.

그리고…….

화아악!

김호철의 배에서 출혈이 빠르게 줄어들기 시작했다. 3번이 알려준 마나로 상처 회복을 하는 것이다.

능력이 발현되지 않음에 놀랐던 2번이 발을 들었다가 강하게 땅을 찍었다.

"신의 대지!"

쿵!

하지만 여전히 신의 대지의 능력이 발현되지 않았다.

신의 대지, 땅을 이용한 공격이다. 땅을 조형해 기둥을 만들어 찌르거나 벽을 만들거나 하는 것이 가능한 능력……. 그런데 지금 신의 대지가 발현되지 않는 것이다.

그에 당황스러워하는 2번을 김호철이 바라보았다.

"3번의 신의 마나……. 네 마나는 고정되어 있다."

2번의 능력을 봉인하기 위해 신의 마나를 펼친 것은 아니다. 죽지 않기 위해 상처를 회복시키려 전력을 다해 신의 마나를 펼쳤다. 그리고 그 전력을 다한 신의 마나가 가까이 다가온 2번의 능력을 봉해버린 것이다. 마나가 움직이지 못하는 것으로 말이다.

"말도 안 돼! 3번이라 해도 그놈의 마나로는 내 마나를 묶는 것이 불가능해!"

확언을 하듯 말을 하는 2번의 말에 김호철은 물음을 던졌다.

"어째서지?"

회복을 하기 위해 시간을 끌어야 했다. 그리고 신의 마나에 대해 알고도 싶었고 말이다.

"신의 마나가 상대의 마나를 묶으려면 그 자신의 마나가 상대보다 월등히 많아야 하기 때문이다! 네놈의 마나가 신의 아이인 나보다 많을 수는 없다! 신의 대지!"

말과 함께 다시 땅을 밟는 2번을 향해 김호철이 웃었다.

"그럼 답은 나왔네."

말과 함께 김호철이 천천히 몸을 일으켰다.

"무슨 답이?"

의아해하는 2번을 보며 김호철이 미소를 지었다.

"내 마나가 너보다 월등하다는 것."

김호철의 움직임과 함께 땅에 떨어져 있던 데스 나이트 갑옷의 잔해들이 검은 기운이 되어 돌아왔다.

철컥! 철컥!

그 모습을 2번이 놀란 듯 바라보았다.

"어떻게?"

그리고 2번의 얼굴이 굳어졌다. 김호철의 배에 난 구멍이 빠르게 아물어 가고 있는 것이 보인 것이다.

"3번의 재생력?"

3번의 재생력이라는 말에 김호철이 피식 웃었다. 자신도 3번의 상처가 빠르게 회복이 되는 것을 보고 재생력이라 생각을 했었으니 말이다.

화아악!

김호철의 손에 해머가 들렸다. 그 모습에 뒤로 물러나려던 2번의 얼굴이 굳어졌다.

몸이 움직이지 않았다.

"신의 마나?"

"미안하지만…… 악연을 더 이어갈 생각이 없다. 그만 죽어라."

말과 함께 해머를 들어 올리는 김호철의 모습에 2번이 소리쳤다.

"신의 방어!"

화아악!

2번의 몸에 희미한 빛이 일렁이기 시작했다.

"신의 방어는 내 몸을 통해 이뤄지는 능력! 아무리 신의 마나라 해도 몸 밖이 아닌 내 안에서 이뤄지는 능력까지는 막을 수 없다! 넌 나를 죽일 수 없어! 하하하!"

미친 듯이 웃어대는 2번을 보던 김호철이 해머로 그의 몸을 툭툭 쳤다.

깡! 깡! 깡!

생살을 때리는데도 마치 철이 부딪히는 것 같은 금속음이 들려왔다.

"확실히…… 이걸로는 무리겠군."

"이제 알았느냐!"

2번의 외침에 김호철이 그를 보다가 그의 머리에 손을 올렸다.

"그럼 이건 어때?"

"뭐?"

의아해하는 2번의 얼굴을 바라보며 김호철이 입을 열었다.

"이그니스, 힘 좀 줄래."

김호철의 중얼거림과 함께 그의 손에서 이그니스의 화염이 뿜어져 나왔다.

화르륵!

이그니스의 불꽃에 2번은 비명을 질러대기 시작했다.

"크아아악!"

미친 듯이 비명을 지르면서도 2번은 그 자리에서 한 발자국도 움직이지 않았다. 그저 장승처럼 서서 비명을 지르며 서 있는 것이다. 하지만 그럴 수밖에…….

사람의 몸으로 이그니스의 불꽃을 버틸 수는 없다. 지금 버티고 있는 것도 2번의 능력 신의 방어를 유지하고 있기 때문이다. 이런 상황에서 신의 방어를 풀게 된다면 그대로 한 줌의 재가 될 것이다. 그래서 2번은 비명을 지르면서도 버티고 있는 것이다.

그 모습에 김호철의 얼굴에는 감탄이 떠올랐다.

'대단한…… 참을성이다. 불에 타오르면서도 저리 버티다니…….'

적이지만 대단한 자였다. 2번을 보던 김호철이 주위를 바라보았다. 주위에 있는 신의 교단의 능력자들은 놀란 얼굴로 지금 이 상황을 보고 있었다.

그들은 2번을 도와야 한다는 생각은 하지도 못하고 있었다. 그들에게 2번은 절대자……. 그런 2번이 당했다는 충격이 그들의 몸을 굳어지게 만든 것이다.

그리고…….

2번의 비명이 순간 끊어졌다. 신의 교단 능력자들은 굳은 듯 그것을 보고 있었다. 그들을 보며 김호철이 천천히 2번의 몸에서 솟구치고 있는 이그니스의 불길을 흡수했다.

화르륵!

2번을 태우던 불길이 사라졌다. 그리고…….

불길이 사라지고 드러난 2번을 본 신의 교단 사람들의 입에서 신음성이 흘러나왔다.

"2번……."

"2번께서……."

불길이 사라지고 드러난 2번의 몸은…… 숯이었다. 새까맣게 탄 채 숯이 되어 있는 2번의 몸을 향해 김호철이 해머를 들었다.

"2번은……."

스윽!

해머를 높게 치켜든 김호철이 일갈을 질렀다.

"2번은! 죽었다!"

고성과 함께 김호철이 해머를 강하게 내려찍었다.

퍼억! 펑!

숯이 된 2번의 몸이 터져 나갔다.

후두둑! 후두둑!

그리고 부서진 2번의 잔해들이 사방으로 휘날렸다.

휘두둑! 후두둑!

숯이 되어 단단해진 2번의 잔해들을 뒤집어쓴 신의 교단 능력자들의 얼굴이 굳어졌다.

"2번께서…… 죽었다."

"죽어?"

굳어지고 놀란 신의 교단을 보며 김호철이 뇌전의 날개를 활짝 펼쳤다.

파지직! 파지직!

뇌전의 날개를 펼치며 솟구친 김호철이 사방을 향해 이그니스의 불꽃을 뿜어내기 시작했다.

그런 김호철의 모습에 신의 아이로 보이는 능력자 둘이 그를 향해 달려왔다. 하지만 마나가 끝없이 보충되는 이그니스의 불꽃 앞에 그들은 상대가 되지 못했다.

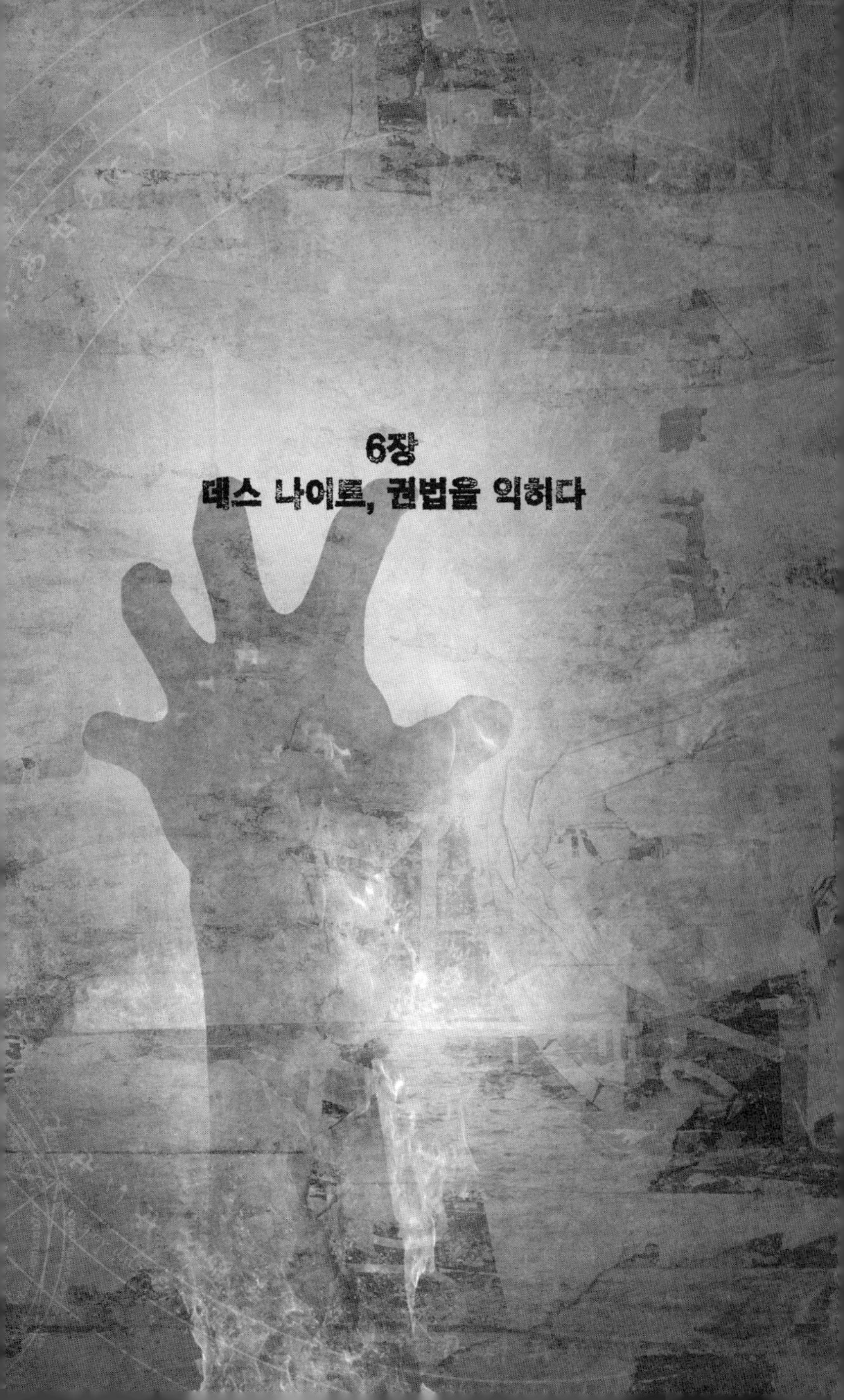

6장
데스 나이트, 권법을 익히다

행복 사무소 직원들은 지친 얼굴로 도로 한쪽에 앉아 있었다. 그들이 보는 곳에는 항복을 한 신의 교단 사람들이 일본 SG들에게 포위된 채 앉아 있었다.

"이거 맛 괜찮은데?"

박천수의 중얼거림에 김호철이 그를 바라보았다. 그는 일본 자위대가 가져다준 전투식량을 먹고 있었다.

"너도 하나 할래?"

박천수가 던진 통조림을 받은 김호철이 옆에 있는 혜원을 향해 내밀었다.

"배 안 고파?"

김호철의 말에 혜원은 고개를 저었다. 그러고는 말없이 신의 교단 사람들을 바라보았다.

마음이 복잡한 듯한 혜원을 보던 김호철이 박천수를 향해 말했다.

"그런데 십 분이면 온다는 놈들이 왜 이리 늦은 겁니까?"

싸움이 벌어지면 인근에서 헬기를 타고 올 것이라 했던 일본 SG들은 싸움이 다 끝나고 나서야 도착을 했던 것이다.

김호철의 말에 박천수가 통조림에 담겨 있는 햄을 손가락으로 집어 먹으며 말했다.

"신의 교단 능력자들이 SG들이 타고 오기로 한 헬기를 터뜨려 버렸대."

"일본 SG들이 올 것을 알고 있었다? 그럼…… 신의 교단에서 이게 함정이라는 것을 알고도 움직였다는 거군요."

김호철의 말에 박천수 옆에서 전투식량을 뒤적거리던 정민이 고개를 끄덕였다.

"함정이라는 것을 알면서도 나서야 할 만큼 혜원 누나와 9번 일행의 배신은 그들에게 큰 위협이 되니까요. 그리고 힘으로 함정을 뚫을 수 있다 생각했을 거예요. 형이 죽인 신의 아이가 다섯에 2번도 있어요. 그 수만 여섯……."

"마리아가 얼음 쓰는 놈도 한 명 잡았고……. 9번과 16번이 한 명 더 잡았지."

"거기에 백진 어른이 셋을 잡았죠."

“그럼…… 이 자리에 신의 아이만 11명이 모였다는 거야?”

“대충 그렇죠. 거기에 일본 SG들의 지원을 방해하러 한 명 정도는 갔을 테니 총 열둘……. 신의 아이가 총 17명이라고 했으니……. 형 손에 죽은 2번과 3번, 거기에 누나와 9번 16번을 생각하면 모든 신의 아이가 나선 셈이죠. 그러니 신의 교단에서도 자신이 있었던 거예요.”

신의 아이 11명이 나섰다면 자신이 있을 만했다. 게다가 신의 아이들에게는 각각 자신을 따르는 부하들도 있으니 말이다.

“2번에 반하는 세력이 있다고 했는데…….”

김호철의 말에 정민이 별것 아니라는 듯 말했다.

“내부 파벌 싸움보다 외부와의 싸움이 더 시급하니 힘을 합쳤겠죠.”

그러고는 정민이 김호철을 바라보았다.

“2번에게나 그 반대쪽에게나 혜원 누나와 9번이 풀어놓는 정보들은 큰 위협이에요. 실제로 혜원 누나가 풀어놓은 정보 때문에 3번의 세력들은 큰 타격을 입었으니까요. 어쨌든 형이 2번을 잡아서 다행이에요. 그렇지 않고 2번이 뒤에서 계속 지휘를 했으면…….”

정민이 SG들에게 감시를 받고 있는 신의 교단 사람들을 바라보았다.

“저들 모두와 죽을 때까지 싸웠어야 했을 거예요.”

정민의 말에 김호철이 잡혀 있는 신의 교단 사람들을 바라보았다. 저들 모두가 악인이라는 것은 알지만 그렇다고 모두 내 손으로 죽여야 할 이유는 없었다. 사람을 죽이는 것을 즐기는 연쇄살인마도 아니고…….

‘오늘…… 사람을 참 많이 죽였구나.’

아마 오늘 그의 손에 죽은 사람의 수는 못해도 두 자릿수 중간은 될 것이다. 아니, 많으면 세 자릿수가 될지도 모른다.

죽이지 않으면 내가 죽고 동료가 죽어야 하는 상황이라 어쩔 수 없었지만…… 만약 사회에서 이 정도 사람을 죽였다면 뉴스에 대서특필될 일이다. 연쇄살인마 등장이라고 말이다.

김호철이 그런 생각을 하고 있을 때, 백진이 조선 길드 사람들과 다가왔다.

조선 길드 사람들은 조금 침울해 있었다. 다행히 피해가 없었던 행복 사무소와는 달리 조선 길드 사람들은 피해가 컸다.

그럴 수밖에 없는 것이 행복 사무소는 안전을 최우선으로 방어 위주로 싸움을 이끌었다면, 한국 SG와 조선 길드는 적들을 향한 공격을 위주로 싸움을 이끌었던 것이다.

그리고 그 싸움의 중심에는 백진이 있었다.

백진은 적들이 몰려드는 순간 힘을 감추지 않았다. 풍신(風

神)이라 불리우는 그의 힘을 말이다. 그리고 그 힘을 막기 위해 신의 아이 셋이 달려든 것이다.

굳은 얼굴로 다가온 백진이 김호철을 바라보았다.

"2번을 잘 잡았네."

"조선 길드에서 사상자가 나왔다 들었습니다."

김호철의 말에 백진이 한숨을 쉬며 고개를 저었다.

"싸움이라는 것이 살고 죽고 하는 것이니……. 하지만…… 살릴 수 있는 애들인데 살리지 못한 것이 조금 안타깝군."

말과 함께 백진이 자신의 손을 바라보았다.

"내가 조금 더 빠르게 신의 아이들을 잡고 나섰어야 했는데."

"신의 아이 셋이 합공을 했다 들었습니다. 백진 어르신이 아니었으면 피해가 더 컸을 것입니다."

사실 백진은 싸우기 전만 해도 신의 아이들이 강해 봤자 그저 조선 길드의 조장 수준의 능력자이리라 생각했다.

하지만 막상 상대해 보니 그의 생각보다 더 강했다. 게다가 그런 능력자 셋이 서로의 약점을 보완하며 공격을 하니 백진으로서는 낭패를 본 것이다.

그리고 그 모습에 조선 길드 사람들이 그를 돕기 위해 모여들었고, 그런 조선 길드를 막기 위해 신의 교단 능력자들이 마주 모였다. 그렇다 보니 조선 길드 피해가 컸던 것이다.

한숨을 쉰 백진이 김호철을 바라보았다.

"신의 교단을 잡기 위한 한 수가 나왔는데…… 정작 그 한 수를 자네가 했군. 수고했네."

"아닙니다."

"겸손할 필요 없네. 신의 아이 다섯과 적의 수장인 2번까지……. 대단한 일을 했네."

백진의 말에 김호철은 그저 고개를 저을 뿐이었다. 그러고는 김호철이 신의 교단 사람들을 바라보았다.

"저들은 어떻게 되는 것입니까?"

"지은 죄에 따라 벌을 받겠지. 그나저나 한 놈이 도망을 갔다고 하는데……."

"한 놈?"

김호철의 시선에 백진이 고개를 끄덕였다.

"일본 SG 헬기를 공격한 신의 아이가 달아났다는데…… 아직 못 잡은 모양이네."

신의 아이 하나가 도망을 갔다는 말에 김호철이 입맛을 다셨다.

"찝찝하군요."

뿌리를 뽑았어야 했는데…… 뿌리를 뽑지 못한 것이다.

"그러게 말이네."

그리 기분이 좋지 않은 듯 작게 고개를 젓던 백진의 시선이 마리아를 향했다.

"너도 수고 많이 했다."

"이제 와서 그런 말을 하시니 서운하네요."

"후! 미안하구나."

백진의 말에 마리아가 그에게 다가왔다.

"농담이에요. 제가 도움을 좀 드려야 했는데 송구합니다."

"너도 싸우느라 정신이 없었는데 무슨 그런 소리를 하느냐. 나야말로 나만 믿으라 장담을 그리 했는데 고작 세 아이에게 붙들려 있었으니……. 하아! 역시 세월을 이기는 것은 젊음밖에 없는 모양이구나."

고개를 저은 백진이 말했다.

"일본 쪽에서 군용 트럭을 지원해 주었네. 우리 차가 부서졌으니 트럭이라도 타고 가까운 마을로 가세나."

백진이 한쪽에 세워져 있는 트럭을 가리키자 마리아가 고개를 끄덕였다.

이제 더 이상 이곳에서 그들이 할 일은 없다. 그리고 싸움을 하고 났더니 좀 쉬고 싶기도 하고 말이다.

일본에서 제공한 호텔에서 한국에서 온 능력자들은 휴식

을 취하고 있었다.

그런데 김호철에게 뜻밖의 손님이 찾아왔다.

바로 일본 내각관방장관 토시로와 이시다였다.

김호철은 호텔에 있는 일식집 VIP 룸에 앉아 있었다. 그리고 그 맞은편에는 토시로와 이시다가 앉아 있었다.

"쉬는 데 방해가 된 것이 아닌지 모르겠습니다."

토시로의 말을 번역해 주는 이시다를 힐끗 본 김호철이 입을 열었다.

"쉬다 내려와서 조금 피곤하군요."

"이번에 본국의 일을 도와주셔서 감사합니다."

"그런 공치사를 하려고 장관이나 되시는 분이 오신 것은 아닐 것이라 생각합니다. 저는 피곤하고 장관님은 바쁘실 테니 바로 본론으로 들어갔으면 좋겠습니다."

김호철의 말에 토시로가 미소를 지으며 고개를 끄덕였다.

"좋습니다. 일본에 남아주시면 안 되겠습니까?"

토시로의 말에 김호철이 웃었다.

"전에 했던 그 이야기라면 그때 거절을 했습니다."

"연 백억 엔을 드리지요."

백억 엔이라는 말에 김호철의 얼굴이 순간 꿈틀거렸다.

'백억 엔……. 한국 돈으로 하면 천억?'

그것도 일 년에 백억 엔이다. 하지만 김호철은 고개를 저었다.

"한국 돈으로 천억이니 큰돈이군요."

"김호철 씨의 능력은 그만한 가치가 있습니다."

토시로의 말에 김호철이 그를 보다가 말했다.

"큰돈이기는 하지만 제 생각에 일 년 동안 제가 열심히 일하면 천억이 아니라 더 벌 수도 있을 것 같습니다."

이건 사실이다. 게이트만 찾아다니면서 몬스터 사냥을 한다면 일 년에 천억도 문제가 아니다.

"그리고…… 여전히 당신들 못 믿겠어."

이때까지 존댓말을 사용했던 것과 다르게 말을 놓은 김호철이 토시로를 보며 말을 이었다.

"신의 교단과의 싸움에 너희들 일부러 늦게 온 거지?"

김호철은 일본 SG들이 일부러 늦게 왔다 의심을 하고 있었다. 아니, 그렇게 생각을 하고 있었다.

김호철의 말에 이시다가 굳어진 얼굴로 그를 바라보았다.

"말이 심하다."

"통역 안 합니까?"

김호철의 말에 이시다가 굳어진 얼굴로 그를 보다가 토시로에게 통역을 했다.

통역을 들은 토시로가 김호철을 바라보았다.

"저희 쪽 헬기가 터졌기에 본국 SG가 늦은 것입니다. 그에 대한 것은 이미 그쪽에 사죄를 한 것으로 알고 있습니다."

토시로의 말에 김호철이 웃으며 고개를 끄덕였다.

"결과는 그렇더군. 하지만…… 너무 적절하지 않나?"

"무엇이 말입니까?"

"신의 교단을 잡겠다고 이중으로 비밀을 유지했을 텐데…… 신의 교단에게 필요한 정보는 가고, 가지 않았으면 하는 정보는 가지 않았다는 말이야."

"흠…… 본론을 좋아한다고 하셨던 것 같은데……. 지금은 말이 많이 돌아가는 것 같군요."

토시로의 말에 김호철이 그 눈을 보며 입을 열었다.

"신의 교단에게 필요한 정보……. 우리의 이동 경로와 시간, 그리고 일본 SG들의 대기 위치들은 잘 간 것 같아. 그런데 신의 교단 쪽은 백진 회장님에 대한 것은 모르더군."

사실 백진에 대한 것을 신의 교단에서 알았는지 몰랐는지 김호철도 몰랐다. 그저 의심만 하고 있을 뿐……. 그래서 그냥 던져 본 것이다.

'맞나?'

토시로의 눈을 보며 그 눈동자가 흔들리나 보려던 김호철은 자신의 생각이 틀렸나 싶었다.

토시로의 눈동자는 평온했다. 그저 미소를 지은 채 자신을 보고 있을 뿐이었다.

토시로의 표정에서 뭔가를 찾지 못한 김호철이 입맛을 다셨다. 그리고 그런 김호철의 모습에 토시로가 미소를 지으며 입을 열었다.

"저는 김호철 씨처럼 능력 있는 사람이 좋습니다."

"내가 남자를 좋아하지 않아서 그런지 몰라도 남자한테 좋다는 말…… 그리 기분 좋지는 않은데."

"하하하! 그렇습니까? 우리나라에서는 나에게 좋다는 인식을 받고 싶어서 목숨까지 거는 사람이 많은데."

"나는 일본 사람이 아니니까."

"하긴 그것도 그렇군요. 하지만……."

잠시 말을 멈춘 토시로가 김호철을 바라보았다.

"저는 일본의 내각관방장관…… 그리고 차기 총리대신으로 가장 유력한 정치인입니다. 저와 적이 되고 싶은 생각은 김호철 씨도 없을 것 같은데……."

잠시 말을 멈춘 토시로가 김호철을 보며 미소를 지었다.

"그 말 아십니까?"

"무슨 말?"

"어떤 친구를 만드느냐도 중요하지만 어떤 원수를 만드느냐도 중요하다."

김호철의 눈을 보며 토시로가 입을 열었다.

"김호철 씨…… 저와 원수가 되고 싶습니까?"

토시로의 말에 김호철이 그를 보다가 입을 열었다.

"당신은?"

김호철의 말에 토시로가 웃으며 고개를 저었다.

"김호철 씨와 원수가 되고 싶다면 이런 자리를 마련하겠습니까? 이래 보여도 저 많이 바쁜 사람입니다."

웃으며 말을 하고 있고, 이시다의 통역이 아니면 무슨 말인지도 모르겠지만…… 김호철은 토시로의 말에서 묘한 박력과 압박을 느끼고 있었다.

'이게 정치 구단인가.'

꿀꺽!

여기서 잘못 말하면 아주 잘못된 길을 갈 것 같은 느낌에 김호철이 침을 삼킬 때 토시로가 입을 열었다.

"김호철 씨 생각대로 우리가 신의 교단에게 역으로 정보를 넘겼다면…… 우리가 원한 것은 한국의 능력자들과 신의 교단이 싸워 서로 자멸하기를 바랐다는 것입니다."

"그건……."

이시다가 김호철의 말을 번역하기 전에 토시로가 손을 들어 그의 말을 멈추게 했다.

그러고는 김호철을 보며 말을 이었다.

"이게 사실이라면 한일 간에 큰 문제가 될 일입니다. 특히 한국의 능력자들에게 일본이 죽을죄를 지은 일이지요."

잠시 김호철을 보며 토시로가 입을 열었다.

"원수가 되는 일입니다."

토시로의 말에 김호철이 그를 보다가 말했다.

"그래서?"

"뭐 그렇다는 것입니다. 그리고…… 증거도 없지 않습니까?"

"증거라……."

말이 없는 김호철을 보며 토시로가 미소를 지으며 입을 열었다.

"그리고 결론은 김호철 씨와 우리 일본 정부의 공동의 적인 신의 교단이 괴멸이 되었다는 것입니다."

"그래서 그 말은 너희들이 했다는 건가?"

김호철의 말에 토시로가 웃었다.

"무슨 그런……. 저는 한 번도 우리가 그랬다는 말을 한 적이 없습니다. 그저 그런 일이 있었다면 한일 간에 큰 문제가 생길 수 있다는 것입니다."

"한일 간의 문제가 생길 수 있으니 입을 다물라?"

"이거…… 계속 제 말을 오해하시는군요. 저는 그런 말도 한 적이 없습니다."

싱긋 웃은 토시로가 김호철을 보며 말했다.

"결론은 신의 교단은 없어졌고, 저희 정부에서 그런 일을 했다는 증거가 없다. 그리고 그런 일이 있었다면 한일 간에 아주 큰 문제가 생길 것이다. 이뿐입니다."

토시로의 말에 그를 보던 김호철이 고개를 끄덕였다.

"거기에 한 가지 더 추가하지."

"무엇입니까?"

토시로의 물음에 김호철이 그를 보다가 입을 열었다.

"난…… 너와 적이 될 생각이 없다."

토시로 한 명 죽이는 것? 김호철에게 일이 아닐 수도 있다. 몰래 밤하늘을 날아 토시로가 사는 집 위에 골렘을 떨어뜨리거나 이그니스의 불길을 쏘아내면 될 일이다.

하지만 상대는 일본이라는 나라의 장관이다. 적이 된다면…… 김호철에게 있어 좋지 않다.

"그거 다행이군요."

"하지만…… 네가 정말 싫다는 것이다."

김호철의 말에 토시로가 그를 보다가 말했다.

"싫다 좋다……. 저도 가끔은 총리대신이 싫을 때가 있습니다. 하지만 그렇다고 일을 그만둘 수는 없는 일 아니겠습니까?"

웃으며 자신을 보는 토시로를 보던 김호철이 자리에서 일어났다.

"토시로, 당신의 말대로 중요한 건 신의 교단이 망했다는 거겠지. 그리고…… 당신 정말 마음에 안 든다는 것이고."

김호철의 말에 그를 보던 토시로가 자리에서 일어났다. 그러고는 토시로가 손을 내밀었다. 그 손을 가만히 보던 김호철이 말없이 그 손을 잡았다. 그에 토시로가 미소를 지으며 입을 열었다.

"필요한 것이 있으면 언제든지 이 번호로 전화를 하십시오. 제가 도울 수 있는 일이 있다면 최선을 다해 돕겠습니다."

토시로의 말에 이시다가 품에서 카드 한 장을 꺼내 내밀었다. 그것을 받아 든 김호철의 얼굴에 의아함이 어렸다. 명함인 줄 알았는데 모양이 신용카드 같은 것이다. 다른 점이라면 카드 앞면에 토시로의 얼굴이 작게 새겨져 있고 그 밑에 전화번호가 적혀 있다는 점 정도?

"이건?"

"일본에서 사용이 가능한 신용카드입니다. 그리고 일본 관공서에 이 명함을 제시하면 도움을 받을 수 있습니다."

이시다의 설명에 김호철이 명함을 보다가 말했다.

"한국에서는 쓸 수 없는 겁니까?"

"일본에서만 사용 가능합니다."

"후!"

그럼 일본에 와서만 쓰라는 것인데……. 속이 뻔히 보이는 카드다.

그런 생각을 하며 김호철이 물었다.

"제가 긁어도 제가 갚는 것은 아니겠죠?"

"저희 쪽에서 결제하니 쓸 일 있으면 쓰십시오."

"한도는?"

한도를 묻는 김호철을 잠시 보던 이시다가 입을 열었다.

"건물 사시는 것만 아니라면 쓰는 데 막힐 일은 없을 겁니다."

"그럼 고맙게 쓰겠습니다."

카드를 뒷주머니에 넣는 김호철의 모습에 이시다가 속으로 한숨을 쉬었다.

'가치도 모르는 놈한테……. 돼지 목에 진주 목걸이군.'

이시다가 부럽다는 듯 자신의 뒷주머니를 보든 말든 김호철이 말했다.

"어쨌든 다음에 볼 수 있으면 또 봅시다."

말과 함께 김호철이 몸을 돌려 VIP 룸을 나섰다.

스르륵!

조용히 닫히는 문을 보던 토시로가 앞에 놓여 있는 찻잔을 들었다.

말없이 차를 마신 토시로가 이시다를 향해 입을 열었다.

"이시다 군."

토시로의 부름에 이시다가 자세를 공손히 하고는 고개를 숙였다.

"저 친구 잘 살펴보게나."

"인원을 배치하겠습니다."

"그렇게 하게."

토시로의 답에 잠시 말이 없던 이시다가 입을 열었다.

"그런데 한국 능력자에게 이리 공을 들이시는 이유가 있으십니까?"

"이유?"

"김호철 저자의 능력이 대단하기는 하지만 본국에도 뛰어난 능력자가 있습니다."

"그런가?"

"무사시 상이 신의 교단과의 싸움에서 희생이 되기는 했지만 아직 삼도 중 이도가 있습니다. 또한 칠왕도 있습니다."

삼도가 정부 지휘권에 있다면 칠왕은 일본에서 활동하는 능력자들을 말한다. 일본 정부의 지휘를 받지는 않지만 협조를 요청하면 나서야 하는 것이 칠왕이니 능력자가 없는 것도 아닌 것이다.

이시다는 그들이 있는데 굳이 김호철에게 이리 공을 들일 필요가 있나 생각이 드는 것이다.

"공을 들인다라……."

잠시 말이 없던 토시로가 입을 열었다.

"신형 전투기 한 대 가격이 요즘 120억 엔에서 140억 엔

정도 하지?"

기종에 따라 가격 차이는 있지만 대충 일본 자위대가 사용하는 전투기 가격이 그 정도다.

"그렇습니다."

"그럼 김호철 군과 전투기가 싸운다면 누가 이길 것 같은가?"

토시로의 말에 이시다가 잠시 생각에 잠겼다.

'상황에 따라 다르겠지만…… 하늘에서 붙다면…….'

"하늘에서라면 전투기가 당연히 이기지 않겠습니까?"

"내 생각과는 다르군. 내 생각에는 김호철 군이 이길 것이야."

"그렇습니까?"

"인공위성을 통해 본 김호철 군의 싸우는 모습은 대단하더군. 하늘을 날고, 뇌전을 쏘고, 몬스터를 뽑아내고, 지옥의 불길과 같은 화염을 뿜어내고……. 게다가 그 강력한 능력이 모두 범위 공격이야."

신의 교단과 한국 SG들이 싸우는 모습을 토시로는 인공위성을 통해 실시간으로 감상을 했다.

"내가 제시한 백억 엔……. 생각해 본다면 비싼 가격도 아니지. 김호철 군이 우리나라에서 적기 한 대만 부숴줘도 그 값은 뽑고도 남으니까. 게다가 비행기와 달리 기름과 유지

보수 비용도 필요 없지. 온다고만 한다면 백억 엔이 아니라 천억 엔을 줘도 데려올 가치가 있다."

"그럼 왜 천억 엔을 제시하지 않으신 것입니까?"

천억 엔이면 한국 돈으로 일조 원이다. 돌이라도 사람이 돼서 부릴 수 있을 정도의 거금이다.

이시다의 말에 토시로가 웃었다.

"내 생각이 아무리 그렇다고 해도 한국 능력자를 천억 엔이나 주면서 데려올 수 있겠나? 백억 엔도 총리대신에게 욕먹을 각오하고 제시한 금액인데."

"아……."

이시다를 보며 토시로가 말했다.

"그리고 김호철 군은 나에게 반감이 있어. 천억 엔을 준다 해도 오지 않았을 것이야. 지금 들이는 공은 김호철 군과 연결 고리를 만들어 놓으려는 것이네."

"연결 고리라 하시면?"

"뭐라도 있어야 나중에 한 번이라도 써먹지 않겠나."

"한 번?"

이시다의 물음에 토시로가 웃으며 몸을 일으켰다.

"글쎄…… 어떤 일이 될지는 모르겠지만……. 나에게는 아주 유익하고 김호철 군에게는…… 후."

알 수 없는 미소를 지으며 토시로가 VIP 룸을 나서자 이시다가 그 뒷모습을 보다 그 뒤를 따랐다.

한국 능력자들은 하루를 일본에서 쉬고 그다음 날 전세기를 타고 한국에 들어왔다.

공항에서 조선 길드와 SG들과 헤어지려던 김호철은 뜻밖의 짐에 눈을 찡그릴 수밖에 없었다.

"우리를…… 따라가겠다고?"

얼굴이 굳어진 김호철의 중얼거림에 9번이 고개를 끄덕였다.

"한국은 처음이라 아는 사람도 없다. 혜원 누나와 함께 있겠다."

혜원의 통역에 김호철이 한숨을 쉬며 고개를 저었다.

"안 돼. SG 따라가."

김호철이 옆에 있는 SG들을 가리키자 9번이 고개를 저었다.

"싫다."

"지금 네가 좋다 싫다 할 처지냐?"

"그래도 싫은 건 싫다."

9번의 말에 김호철이 눈을 찡그릴 때 혜원이 살며시 말했다.

"9번이 지금 불안해서 그래요."

"불안해?"

김호철이 9번을 바라보았다. 9번은 불량스러운 표정을 한 채 그를 보고 있었다. 자신의 말을 안 들어주면 어쩔 거냐는 듯 말이다.

"지금 재 어디가 불안하다는 거야?"

"불안해서 더 저러는 거예요."

혜원의 말에 정민이 9번을 보다가 김호철에게 말했다.

"형."

"왜?"

"그냥 같이 데려가죠."

"너까지 왜 그래?"

"성격이 어찌 되었든…… 우리와 함께 싸웠던 동료예요."

"자기가 살려고 싸운 거지."

"자기가 살려고 우리와 함께 싸운 것이기는 하지만…… 어쨌든 사실은 저 녀석과 16번이 우리 등을 지켜줬다는 거예요. 그리고 저들이 없었으면 우리 쪽에도 다치는 사람이 나왔을 수도 있어요."

정민의 말에 말이 없던 마리아가 고개를 끄덕였다. 정민이 말이 맞았다. 어찌 되었든 이번 싸움에서 9번과 16번이 없었다면 행복 사무소 사람들 중에도 사상자가 나왔을 수도 있었다.

그렇다면 답은 나왔다.

"그럼 그렇게 하자."

마리아까지 9번을 데리고 가는 것에 동의하는 것에 김호철이 놀라 그녀를 바라보았다.

그 시선에 마리아가 고개를 저었다.

"며칠 재워줄 정도의 도움은 받았어요."

마리아의 말에 김호철이 9번과 16번을 바라보았다. 사실 김호철은 9번과 16번이 어떻게 행복 사무소 사람들과 힘을 합쳐 싸웠는지 모른다. 김호철은 사람들과 떨어져 싸웠으니 말이다.

'동료들에게 도움이 된 건가?'

하긴 적으로 만난 신의 아이들은 강하다. 그렇다면 아군이었을 신의 아이도 강한 건 마찬가지일 것이다.

그렇다면…….

'도움이 되기는 했나 보네…….'

잠시 9번을 보던 김호철이 혜원에게 말했다.

"SG한테 저들을 우리가 데리고 가도 되는지 물어볼게."

김호철의 말에 혜원이 웃으며 고개를 끄덕였다. 혜원이 9번에게 이야기하는 것을 보며 김호철이 SG에게 다가갔다.

"중령님."

김호철의 부름에 이군악이 그를 보며 고개를 끄덕였다.

"이야기는 들었네."

그리 멀리 떨어져서 이야기를 나눈 것도 아니었기에 이군악도 그들이 나누는 대화를 다 들은 것이다.

"안 된다고 하셔도 저희는 괜찮습니다."

굳이 9번을 데리고 다니면서 귀찮은 일을 만들고 싶지는 않았다. 그래서 이군악이 안 된다고 하면 고집 피울 생각은 없었다.

"아니, 괜찮네."

김호철의 생각과 달리 이군악은 순순히 고개를 끄덕였다.

"괜찮습니까? 혹시라도 위에서 말이……."

"상황 보니 이렇게 될 것 같아 위에다 이미 전화로 허락을 받았네. 다른 곳도 아니고 행복 사무소에서 책임을 진다고 하니 위에서도 순순히 허락을 했네. 삼 일 후에 SG 본부로 한 시까지만 데리고 오게."

이군악이 몸을 돌려 SG들을 향해 소리쳤다.

"자! 그럼 우리는 가자."

어쩐지 서두르는 듯한 이군악의 모습에 김호철은 그 생각을 알았다.

'9번……. 데리고 가기 귀찮아하는 것은 나만이 아니었

구나.'

아무래도 이군악은 9번을 데리고 가기 귀찮아하는 것 같았다. 하긴 며칠 안 되는 사이에 9번이 얼마나 귀찮은 존재인지 느꼈을 테니 말이다.

떠나는 버스를 보다가 9번을 향해 고개를 돌렸다. 9번은 팔짱을 낀 채 김호철을 보고 있었다.

'짐이로구나, 짐이야…….'

한숨을 쉬며 9번을 보던 김호철이 마리아에게 다가갔다.

"삼 일 후에 SG 본부로 오기만 하라는군요."

"잘됐네요. 그럼…… 이제 우리도 가야 하는데."

마리아가 사람들을 잠시 보다가 고개를 저었다.

"아무래도 이 인원을 모두 저희 사무소로 데려가는 것은 무리겠네요."

마리아의 말에 정민이 고개를 끄덕였다.

"옥상에 텐트라도 치지 않는 이상은…… 무리겠죠."

지금 행복 사무소에는 혜원의 부하들도 머물고 있다.

거기에 여기 있는 16번과 9번의 부하 21명…….

이들이 머물 숙소가 모자란 것이다.

"펜션밖에는 답이 없겠는데요."

"펜션?"

"여기 인원하고 사무소에 있는 인원들까지 하면 지낼 곳이 없어요."

정민의 말에 고윤희가 한숨을 쉬고는 말했다.

"일단 집에 가서 상의하면 안 될까? 피곤해."

고윤희의 말에 마리아가 고개를 끄덕였다.

"다들 피곤하니 일단 부평으로 가요. 가서 정 안 되면 지하 훈련장에 침낭이라도 깔면 어떻게 되겠죠."

마리아의 말에 정민이 고개를 끄덕였다.

"그것도 그러네요. 지하 훈련장은 지붕도 있고 넓기도 하고……."

"그래, 가자."

마리아가 그들에게 배당된 버스에 올랐다.

행복 사무소에 도착한 일행들은 펜션이 아닌 사무소에서 생활을 하기로 했다.

삼 일 후에 다시 올라와야 하는 상황에서 굳이 내려갈 이유는 없었다. 그리고 마리아의 말대로 지하 훈련장에 침낭을 펴면 잠자리는 해결할 수 있으니 말이다.

그렇게 9번과 16번의 부하들은 지하 훈련장에서 지내게 되었다.

부평 공원 외곽에 설치되어 있는 조깅 트랙을 건장한 사내들이 질주를 하고 있었다. 그리고 그런 사내들의 맨 앞을 16번이 달리고 있었다.

"하앗!"

"하앗!"

"하앗!"

16번의 기합에 따라 사내들이 기합을 지르며 내달리는 모습은 조금 이상하게 보였다. 그럴 수밖에 없는 것이 여고생 정도로 보이는 소녀의 뒤를 건장한 사내들이, 그것도 웃통을 벗고 뛰고 있으니 말이다.

그리고 16번과 그 부하들이 아침 수련을 하고 있는 모습을 김호철과 박천수가 구경하고 있었다.

부평 공원이 한눈에 내려다보이는 정자에 앉은 박천수가 하품을 하며 입맛을 다셨다.

"저것들은 새벽부터 무슨 달리기야."

박천수의 말에 김호철도 동감이라는 듯 고개를 끄덕였다.

"그런데 왜 저희가 이렇게 나와 있어야 하는 거죠?"

"마리아가 감시하라잖아. 도망가면 우리가 책임을 져야 하니까."

그러고는 박천수가 몸을 손으로 쓸었다.

"끄응! 날씨가 많이 쌀쌀하네. 새벽이라 더 그런가?"

몸을 쓸어내리는 박천수의 모습에 김호철이 잠시 그를 보다가 몸을 일으켰다.

"왜?"

"저도 달리기나 하려고요. 같이 뛰실래요?"

"내가 육체 능력자도 아니고 됐어."

"그래도 몸 단련하면 좋지 않습니까?"

귀찮다는 듯 손을 휘젓는 박천수를 보던 그가 거구의 사내들이 달리는 곳으로 달려갔다. 그리고 곧 거구 사내들 뒤를 따라붙은 김호철은 조금 위압감을 느꼈다.

사내들의 몸에서는 하얀 수증기가 뭉게뭉게 피어오르고 있었다. 흐르는 땀이 체온에 달아올라 하얀 열기를 피워 올리고 있는 것이다.

"하앗!"

"하앗!"

게다가 우렁찬 기합성까지…….

'좀 떨어져서 뛸까?'

그런 생각을 하던 김호철은 문득 의아함이 들었다.

'그런데 왜 이리 땀을 흘리지?'

사내들이 오래 달리기는 했다. 한 삼십 분은 이러고 달리고 있으니 말이다.

하지만 사내들은 능력자들이다. 그것도 무투 계열의…….

그런 이들이 고작 삼십 분을 달린 것으로 이렇게 땀을 미친 듯이 흘린다?

'다한증은 아닐 테고? 특별한 수련법인가?'

그런 생각을 하던 김호철이 슬며시 속도를 줄였다. 사내들의 뒤를 바짝 쫓으며 달리다 보니…… 사내들이 흘리는 땀방울이 김호철에게 튀기는 것이다. 다른 것도 아니고 같은 사내의 땀을 맞으며 달리고 싶은 생각은 절대 없었다.

공원에 위치한 농구장에 사내들이 모였다.

"후우!"

길게 숨을 들이마시고 내뱉고를 반복하던 사내들이 두 명씩 짝을 지어 마주 섰다. 그리고 서로를 향해 주먹을 휘두르고 막는 수련을 하기 시작했다.

그런 사내들을 보며 김호철이 슬며시 주먹을 휘둘렀다.

부웅! 부웅!

사내들이 하는 것을 따라하는 김호철을 힐끗 본 16번이 잠시 그 모양을 보다가 다가왔다.

"김 상."

16번의 말에 김호철이 그녀를 바라보았다.

"배우고 싶으십니까?"

조금은 능숙하지 않은 어색한 한국말에 김호철이 의아한

듯 그녀를 바라보았다.

"한국말을 할 줄 알아?"

"한국 드라마 보면서 조금 배웠습니다. 하지만 아주 조금입니다."

"한국말 하는 것 못 봤는데……."

"굳이 할 이유가 없었으니까요."

하긴 맞는 말이다. 혜원이가 알아서 다 통역을 했으니 말이다.

"그래서 배우고 싶으십니까?"

"가르쳐 줘도 되는 거야?"

"부탁이 있습니다."

"부탁?"

"신권을 배우는 대신 9번을 잘 부탁합니다."

9번을 부탁한다는 말에 김호철이 그녀를 보다가 피식 웃었다.

"9번을 잘 보살피네."

김호철의 말에 16번의 얼굴이 살짝 붉어졌다. 그리고 우물쭈물하는 16번을 보며 김호철이 고개를 끄덕였다.

"9번이 싸가지 없게 행동만 하지 않으면 잘해줄게. 우리 혜원이도 9번을 아끼는 것 같으니까."

"감사합니다."

"그런데 권법 이름이 신권이야? 이름 거창하네?"

김호철의 말에 웃은 16번이 뒤로 살짝 물러나며 말했다.

"일반 무투가들은 마나가 아닌 내공을 이용해 싸움을 합니다. 하지만 저희 신권은 내공이 아닌 마나를 이용해 권을 펼칩니다."

"내공이 아닌 마나로?"

16번의 말에 김호철은 의아했다. 고윤희가 했던 말과 다른 것이다.

"신의 교단에서는 기존에 존재하던 닌자 무술과 사무라이 무술들을 종합해 만들어낸 것이 신권입니다. 도쿠!"

16번의 부름에 사내가 다가왔다. 그러고는 16번이 일본어로 뭐라 말을 하자 사내가 자세를 잡았다. 곧이어 사내의 몸이 빠르게 움직였다.

화아악! 화아악!

사내의 몸은 미끄러지듯이 좌우로 빠르게 방향 전환을 하며 움직였다. 그런데 사내의 무릎이 구부러지지 않았다. 마치 빙판을 미끄러지듯이 말이다.

"이건 마나를 발로 뿜으며 움직이는 신행이에요."

말과 함께 16번이 도쿠를 향해 주먹을 가리켰다.

"그리고 이건 신탄."

주먹을 살짝 뒤로 당긴 16번이 앞으로 정권을 찌르며 비틀었다.

파앗!

16번의 손에서 마나가 회전을 하며 뿜어졌다. 마치 총탄처럼 뿜어지는 신탄을 향해 도쿠가 앞차기를 날렸다.

화아악!

도쿠의 앞차기에 신탄이 터져 나갔다.

펑!

폭죽이 터져 나가는 것과 함께 16번이 김호철을 향해 말했다.

"방금 도쿠의 발차기는 신권의 기본이자 중심인 마나 집중이에요."

"마나 집중?"

"신체 일부에 마나를 집중해 순간적으로 강한 힘을 내게 하는 거예요. 신권의 기본은 이 셋이에요."

말과 함께 16번의 몸이 미끄러지듯이 움직였다.

"마나를 이용한 고속 이동."

16번이 주먹을 끌어당겼다가 하늘을 향해 주먹을 찔렀다.

파앗!

하늘로 솟구치는 신탄을 보며 16번이 말했다.

"마나의 방출 공격."

화아악!

16번의 손에서 희미한 빛이 어리기 시작했다.

"마나 집중을 통한 공격력과 방어력 상승."

16번의 시범을 본 김호철이 그녀를 계속 지켜보았다. 그 시선에 부끄러움을 느꼈는지 16번의 얼굴이 살짝 붉어졌다.

"왜 그렇게 보세요?"

"시범 보는 중인데?"

"다 끝났어요."

끝났다는 말에 김호철이 고개를 갸웃거렸다.

닌자 무술과 사무라이 무술을 합쳐서 만들었다는 무술 시범이 딱 셋이라니?

"세 개밖에 안 보여줬는데 벌써 끝났어?"

김호철의 말에 16번이 고개를 저었다.

"신권의 기본은 이 셋이에요. 이 셋을 이용한 공격 방법과 권각법이 있기는 하지만 그것은 하루 이틀에 배울 수 있는 것이 아니에요."

16번의 말을 듣고 보니 일리가 있었다. 군대에서 태권도 일단 품새를 외우는 것도 하루 이틀 걸리는 것이 아니니 말이다.

"그럼 어떻게 하는 거야?"

"신권의 가장 중요한 것은 마나를 느낄 수 있느냐와 마나를 가지고 있느냐예요. 이 중 김호철 씨는 마나를 가지고 있으니

후자는 됐고 전자인 마나를 느낄 수 있느냐가 문제겠네요."

그러고는 16번이 김호철을 바라보았다.

"마나 잘 느끼세요?"

16번의 말에 김호철이 잠시 생각을 하다가 고개를 저었다.

"게이트에서는 마나를 잘 느끼는데…… 평소에는 그리 잘 느끼지 못하는 것 같아."

"그럼 지금 주위에서 마나를 느낄 수 있는 것이 있나요?"

16번의 물음에 김호철이 주위를 보고는 고개를 저었다. 그 모습에 16번이 안타까운 목소리로 말했다.

"보통 능력자들은 기본적인 마나 감지력이 있는데…… 김호철 씨는 가진 마나에 비해 마나 감이 조금 떨어지는군요."

"각성한 지 얼마 되지 않아서……."

"그거야 시간이 지나면 저절로 되지만 지금 신권을 배우려면 감을 키우는 훈련 먼저 해야겠어요."

그러고는 16번이 김호철에게 눈을 감게 했다.

"눈을 감은 채 몸…… 피부 주변에 신경을 집중을 하세요. 그러면 어디선가 간지럽거나 하는 변화가 있을 거예요. 거기서부터 느낌을 확대해 보세요."

16번의 말에 김호철이 눈을 감았다. 그러다 무슨 생각이 났는지 16번을 바라보았다.

"칼, 다니엘."

김호철의 부름에 그의 몸에서 뇌전이 솟구치며 칼과 다니엘이 모습을 드러냈다.

갑자기 데스 나이트를 뽑아내는 김호철의 행동에 16번이 의아한 듯 그를 바라보았다.

"데스 나이트는 왜?"

16번의 물음에 김호철이 데스 나이트를 가리켰다.

"이 녀석들에게 그 세 가지 기본 가르쳐 줄 수 있겠어?"

"몬스터에게요?"

"말은 못 해도 사람이 하는 말을 알아들으니까. 가르치면 배울 수 있을 것 같은데. 그리고 이 녀석들은 기사였으니 무투술을 배워도 나보다는 더 빨리 배울 것 같아. 너희들, 배울 수 있겠지?"

김호철의 말에 데스 나이트 둘이 16번을 바라보았다. 그런 두 데스 나이트의 시선에 입맛을 다신 16번이 고개를 끄덕였다.

"알겠어요."

16번의 말에 김호철이 데스 나이트를 향해 말했다.

"16번이 가르치는 것 잘 배우고 와. 사고 치지 말고."

김호철의 말에 데스 나이트들이 가슴에 손을 올리는 것으로 답을 했다.

16번이 데스 나이트들을 바라보았다.

몬스터에게 신권을 가르치게 될 줄이야.

'하지만…… 몬스터가 신권을 쓸 수 있는지 궁금하기는 하네.'

잠시 데스 나이트들을 보던 16번이 신권에 대한 설명을 하고는 시범을 보였다. 그러자 데스 나이트들이 몇 번 그 동작을 따라하기 시작했다.

그 모습을 보던 김호철이 몸을 돌려 박천수가 있는 정자로 걸어갔다. 데스 나이트들이 배우고 오면 합체를 하고 따라하는 것이 자신에게는 나을 것 같았다.

박천수는 정자 기둥에 등을 기댄 채 몸을 잔뜩 웅크리고는 졸고 있었다.

"박 팀장님, 여기서 이렇게 자면 입 돌아갑니다."

김호철의 말에 신음을 흘리며 눈을 뜬 박천수가 주위를 둘러보았다.

"조깅 끝났어?"

"조깅은 끝났는데 아침 수련 하는 것 같습니다."

"제길…… 추워 죽겠는데."

입맛을 다시며 몸을 부들부들 떠는 박천수를 보던 김호철이 손바닥을 비볐다.

'이그니스, 힘 살짝. 아주 살짝만…….'

김호철의 중얼거림에 김호철의 손바닥에서 뜨거운 열기가

흘러나오기 시작했다. 손바닥 열기가 얼마나 뜨거운지 잘 감이 오지 않은 김호철이 박천수에게 잠시 나오라고 하고는 기둥에 손바닥을 문질렀다.

"등 대보세요."

김호철의 말에 박천수가 기둥에 등을 살며시 대고는 곧 행복한 얼굴이 되었다.

"어, 좋다."

따뜻하게 달아오른 기둥에 등이 지져지는 것을 느끼며 기분 좋은 미소를 짓던 박천수가 핸드폰을 꺼냈다.

"육개장 먹을래?"

"이 시간에요?"

"24시간이야. 가까우면 배달도 해줘."

"먹겠습니다."

김호철의 말에 박천수가 육개장 집에 전화를 걸어 두 그릇을 주문했다.

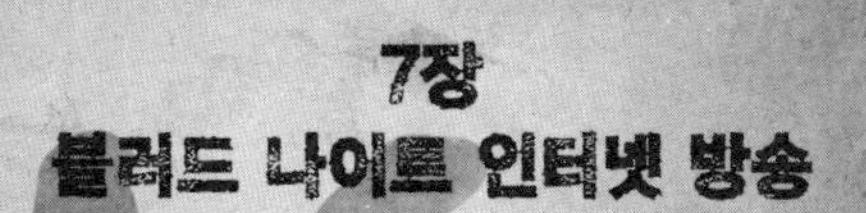

7장
블러드 나이트 인터넷 방송

김호철과 박천수가 육개장을 다 먹을 때까지 16번과 그 부하들의 수련은 끝이 나지 않았다.

"에이!"

그에 더 참지 못한 박천수가 몸을 일으켜서는 성큼성큼 걸어 16번이 있는 곳으로 향했다.

"어이! 언제까지 할 거야. 더 할 거면 지하 훈련장에서 하라고!"

박천수의 외침에 16번이 놀란 얼굴로 그를 바라보았다. 그리고 그 모습에 사내들이 16번의 앞에 서서는 박천수를 노려보았다. 무슨 말인지 모르지만 박천수가 16번에게 뭐라 했다 생각을 한 것이다.

굳은 얼굴의 사내들의 모습에 박천수가 '뭐 어쩌라고?' 하는 시선으로 그들을 바라보았다.

그 모습에 김호철이 16번에게 말했다.

"아침 수련은 이 정도로 하고 들어가서 아침 먹자."

말과 함께 김호철이 데스 나이트를 흡수하자 16번이 고개를 끄덕이고는 부하들을 데리고 카페가 있는 곳으로 걸음을 옮겼다.

그 모습을 보며 박천수가 투덜거렸다.

"이것들이 눈치도 없어."

김호철과 혜원은 SG 본부 건물에 들어서고 있었다. 오늘 9번과 16번의 망명 절차가 진행되는 것이다.

그리고 그런 그들을 고길수 팀장이 마중 나와 있었다.

"다시 뵙게 되어 반갑습니다."

웃으며 다가오는 고길수의 모습에 혜원이 그에게 다가갔다.

"몸은 좀 괜찮으세요?"

"하하하! 그때가 언제인데 아직도 아프겠습니까."

웃으며 고길수가 혜원의 뒤에 있는 사람들을 바라보았다.

"일본분들이라 들었는데 한국말은?"

"제가…… 좀 합니다."

16번의 말에 고길수가 고개를 끄덕이고는 말했다.

"그럼 안내하겠습니다. 아! 그리고 김호철 씨."

고길수의 부름에 김호철이 그를 바라보았다.

"국장님께서 위에서 기다리고 계십니다."

"도원군 국장님이 저를 왜?"

"오시면 국장실로 오라고 하시더군요. 저 엘리베이터 타고 15층입니다."

고길수의 말에 김호철이 혜원을 바라보았다.

"다녀와. 내가 애들하고 있을게."

혜원의 말에 김호철이 16번을 바라보았다.

"9번한테 사고 치지 말고 얌전하게 굴라고 해."

"알겠습니다."

16번의 답에도 김호철은 불안한 눈으로 9번을 보고는 엘리베이터로 걸음을 옮겼다.

엘리베이터를 타고 15층에 도착하자 김호철은 이군악 중령을 볼 수 있었다.

"국장님이 기다리시네. 따라오게."

서둘러 앞장서는 이군악의 모습에 김호철이 그 뒤를 따랐다.

"그런데 무슨 일로 저를?"

"모르지. 그저 자네가 올 것이니 기다렸다가 같이 들어오라는 이야기만 들었네."

"그럼 저를 기다리신 겁니까?"

"후! 그럼 우연히 엘리베이터 앞에서 만나겠나?"

웃으며 김호철을 데리고 복도를 걸어간 이군악은 곧 한 문 앞에 멈춰 섰다. 아무런 장식도 없는, 그저 '국장실'이라는 팻말 하나 붙어 있는 문을 이군악이 두들겼다.

톡톡톡!

"들어오게."

스륵!

문을 열고 안으로 들어간 김호철은 책상 앞에 앉아 있는 도원군을 볼 수 있었다. 도원군의 책상 위에는 서류철들이 하나 가득 올려져 있었다.

서류철을 보던 도원군이 몸을 일으켰다.

"이리 와 앉게."

소파로 와 앉은 도원군이 앞을 가리키자 김호철과 이군악이 자리에 앉았다.

"저를 부르셨다고……."

김호철의 물음에 도원군이 고개를 끄덕이고는 말했다.

"일단 9번과 16번, 그 아이들 SG에 들어와서 잘할 것 같은가?"

도원군의 말에 김호철이 그를 보다가 말했다.

"9번 성격이 좀 이상해서 적응이 좀 필요할 겁니다."

"이 중령도 그런 이야기를 하더군."

"하지만 16번은 착해서 SG에 들어가면 잘할 겁니다."

"그렇군."

"그것을 물으시려고 부르신 겁니까?"

망명을 하면 일정 기간 동안 SG에서 일을 해야 하니 도원군으로서는 9번과 16번이 궁금하기는 할 것이다. 게다가 9번과 16번의 실력이 워낙 좋으니 문제를 일으킨다면 SG에 받지 않느니만 못한 것이다.

김호철의 물음에 도원군이 그를 보다가 말했다.

"이번에 일본에서 활약이 대단했다고 들었네."

잠시 말을 멈춘 도원군이 김호철을 보다가 말을 이었다.

"백진이 극찬을 하더군."

"과찬입니다."

"허언을 하지 않는 친구인데 그 정도로 말할 정도라면 대단하다 봐야지."

그러고는 도원군이 김호철을 보다가 입을 열었다.

"우리나라에 칠장로가 있다는 것은 알고 있겠지?"

"그걸 모르는 사람이 있습니까?"

사실 얼마 전까지 몰랐다.

“우리나라뿐만 아니라 외국에도 칠장로와 비슷한 위치를 가진 능력자들이 있네.”

“일본의 삼도 말입니까?”

“그렇지. 일본에는 삼도 말고도 칠왕이라 불리는 자들이 있는데 실력이 대단하지. 누구와 싸우더라도 지지 않는 일본 능력자계의 자존심과 같은 존재, 그것이 삼도와 칠왕이네.”

잠시 말을 멈춘 도원군이 말을 이었다.

“칠장로 역시 그 누구와 일대일로 싸워 지지 않는다는 한국 능력자들의 자존심이네.”

도원군의 말에 김호철은 답을 뭐라 해야 하나 알 수가 없었다. 칠장로가 자신의 입으로 자신이 한국의 자존심이라고 말을 하니…….

‘멋지다고 해야 하나? 대단하다고 해야 하나?’

그런 생각을 하고 있을 때 도원군이 김호철을 보며 말을 이었다.

“그런데…… 우리나라의 경우 그 자존심에 문제가 있네.”

“문제라면 어떤?”

“칠장로 중 실제로 활동하는 이가 나와 백진, 단 두 사람뿐이라는 것이야.”

그에 대한 내용은 김호철도 전에 혜원이 치료 문제로 검색을 해봐서 알고 있었다.

"다른 다섯 분은 왜 활동을 안 하시는 것입니까?"

"게을러서 그렇지, 게을러서……. 쯧쯧쯧! 힘이 있는 자가 그 힘으로 나라와 민족을 위한 일을 할 생각을 해야지. 나이도 어린놈들이 벌써부터 빠져 가지고 놀러 다닐 생각만…… 아니, 놀러만 다니고 있으니……. 나쁜 놈들, 의리 없는 놈들!"

쌓인 것이 많았는지 다른 장로들에 대한 이야기가 나오자 도원군의 입에서는 욕이 멈추지를 않았다.

그렇게 한참을 욕하던 도원군이 이제야 좀 분이 풀리는지 한숨을 쉬고는 김호철을 보며 말했다.

"그래서 문제가 좀 있네."

"무슨 문제인지?"

"나와 백진 둘은 각각 맡은 단체와 지위가 있어서 움직이는 것이 쉽지 않아."

"그야 그러시겠지요."

"그런데…… 타국 능력자들이 가끔 출장을 간 우리나라 능력자들을 우습게 보는 일이 있단 말이야."

"우리나라 능력자를?"

"우리나라 능력자들 수준 객관적으로나 주관적으로나 세계에서 다섯 손가락에 들어가는 수준이야. 그런데 문제는…… 우리나라를 대표해 사람들에게 내세울 능력자가 없다는 것이네."

도원군의 말에 김호철이 놀란 얼굴로 그를 바라보았다.

'이거 말을 듣다 보니…….'

"설마?"

김호철의 놀란 얼굴을 보며 도원군이 고개를 끄덕였다.

"자네가 장로라는 이름을 달아줬으면 좋겠네."

장로가 되어 달라는 도원군의 말에 김호철이 잠시 멍하니 있다가 입을 열었다.

"제가 장로?"

"그렇네."

도원군의 확답에 잠시 그를 보던 김호철이 입을 열었다.

"장로가 되면 저에게 좋은 것이 무엇입니까?"

"좋은 것?"

"지금 도 국장님이 하신 말을 들으면 저보고 한국 능력자들을 대표해 외국 능력자들과 싸우거나 힘을 보여주라는 것인데……. 말만 들어도 할 일이 많은 자리인 것 같습니다."

김호철의 말에 이군악 중령이 작게 그 무릎을 손으로 쳤다. 말을 조심히 하라는 의미였다.

하지만 김호철은 알아야 했다. 장로라는 건 한국 능력자를 대표하는 자리이니 명예가 큰 자리일 것이다. 그리고…….

'자신들이 움직이지 못하니 귀찮은 일 생기면 나보고 다

나서라 할 것 같은데…… 뭐라도 생겨야 말을 것 아냐.'

세상에 남을 위해서 사는 사람이 있다. 착한 사람이다.

하지만 김호철은 보통 사람이다. 최소한 일을 하면 한 만큼은 대가를 받기를 원하는 보통 사람.

김호철의 시선을 받으며 도원군이 입을 열었다.

"원하는 것이 있나?"

"원하는 것이 있으면 다 되는 겁니까?"

"원하는 것이 있나?"

자신의 말에 답을 하지 않고 다시 같은 질문을 하는 도원군을 보며 김호철이 입을 열었다.

"돈이라면 제 능력으로도 어지간히 벌 수 있습니다."

"사람이 돈만 가지고 살 수는 없는 일이지."

"돈만 있으면 가지지 못할 것도 없지 않습니까."

김호철의 말에 도원군이 고개를 끄덕였다.

"하긴……."

한숨을 쉰 도원군이 김호철을 바라보았다.

"원하는 것이 없으니 내가 원하는 것을 말하겠네."

"장로가 되면 해야 할 일입니까?"

"들어보고 생각을 해보시게. 장로가 된다 해도 별다른 것이 없네. 그저 대한민국의 장로라는 명칭…… 그것만 달고 움직이면 되네."

"나라의 지시를 받는 것입니까?"

"나라의 지시를 받는다면 내 자네를 장로로 만들 생각을 했겠나? 어디서 놀고 있는지 모를 장로 놈들을 불러들이지."

"그럼…… 하는 일이 뭡니까?"

"하는 일이라……."

잠시 생각을 하던 도원군이 말했다.

"그냥 어디 가서 쥐어 터지지만 않으면 1차로 장로가 해야 하는 일은 성공이지."

"쥐어 터지지만 않으면?"

"장로라는 이름이 가진 가장 큰 의미는 패배를 모르는 절대자라는 의미네. 장로는…… 패배하면 안 되네. 절대."

도원군의 말에 그를 보던 김호철이 고개를 끄덕였다.

"저도 지고 싶은 생각은 없습니다. 그럼 다른 일은?"

"다른 일이라……."

잠시 생각을 하던 도원군이 말했다.

"한국 대표로 외국에 나가야 할 일이 있으면 나가는 정도?"

도원군의 말에 김호철의 얼굴에 의아함이 어렸다.

"그 정도?"

"그 정도……. 이 중령, 뭐 다른 것 있나?"

도원군의 말에 이군악이 잠시 생각을 하다가 말했다.

"딱히…… 장로님들이 한 일이 생각이 나지 않습니다."

"그래?"

이군악의 말에 말이 없던 도원군이 말했다.

"그래도 우리들 뭔가 좀 하지 않았나? 전에 이그니스 잡았을 때도 우리 장로들이 나서서 한 거잖아."

"그야…… 그렇습니다만……. 그 일 말고는 딱히 하신 일이……."

말을 하던 이군악은 자신이 무례한 말을 했다 생각을 했는지 급히 말했다.

"하지만 장로님들이 존재하는 것만으로 한국 능력자들은 크게……."

"쯧! 됐어."

"험…… 죄송합니다."

이군악의 말에 그를 보던 도원군이 김호철을 바라보았다.

"어떤가?"

도원군의 말에 김호철이 생각에 잠겼다.

'할 일이 그리 많지는 않네.'

어디 가서 맞고 다니지 말라는 것과 한국 대표로 외국에 나가는 일 정도다.

외국에 나가야 하는 일이 조금 귀찮을 것 같기는 하지만…….

'혜원이랑 외국 여행 간다 생각하면…… 나쁠 것 같지도

않고.'

그런 생각을 잠시 하던 김호철이 도원군을 바라보았다.

"장로가 되도 강제적인 지시나 명령은 듣지 않을 겁니다."

김호철의 말에 도원군이 웃었다.

"장로는 명예직이라 강제할 수 있는 것은 없네. 그저 부탁을 할 뿐이지. 그 부탁을 듣고 말고는 자네가 선택하면 되네."

도원군의 말에 김호철이 고개를 끄덕였다.

"알겠습니다. 그럼 장로가 되겠습니다."

장로라는 것 해도 되고 안 해도 되는 일이다. 하지만 하기로 결정을 한 것은…… 백진과 도원군에게 혜원의 귀화 일로 신세를 졌다 생각하기 때문이다. 그래서 이번에 신세를 갚으려는 것이다.

"휴!"

김호철의 승낙에 도원군이 안도의 한숨을 쉬었다. 그런 도원군을 보며 김호철이 말했다.

"그런데 장로라는 게 제가 한다고 해서 되는 겁니까?"

"나와 백진이 자네를 칠장로, 아니, 이제는 팔장로의 일인으로 받아들였다는 기자회견을 하면 될 일이네."

"그걸로 되는 겁니까?"

"능력자 길드들에서 불만을 표하거나 하는 일이 있을 수 있고, 자네에게 도전을 하려는 능력자들이 있겠지만…… 그

것으로 끝이네."

"도전?"

"우리나라엔 강한 능력자가 많아. 너보다 자신이 낫다 생각한 자가 너를 꺾고 명성을 높이려 할 수 있다."

"귀찮은 일이겠군요."

"도전이 들어오면 받아주게."

"싸우라는 말씀입니까?"

"그들을 꺾으면 자네의 강함이 알려지고 자연스럽게 장로로 인정을 받을 것이네."

"알겠습니다."

도원군과의 대화를 나누던 김호철은 귀화 절차가 끝이 났다는 연락에 밑으로 내려왔다. 밑에서는 혜원이 그를 기다리고 있었다.

"9번과 16번은?"

"SG 훈련소로 출발했어요."

"훈련소?"

"4주 동안 훈련받고 SG에서 정식으로 일을 할 것 같아요."

"안 가려고 했을 것 같은데?"

김호철의 말에 혜원이 웃었다.

"16번이 기절시켜서 데리고 갔어요."

"기절?"

혜원의 말에 김호철이 의아해할 때 혜원이 웃었다.

"안 가려고 하니 16번이 몰래 뒤로 가서, 빡!"

혜원이 손날을 휘두르는 시늉을 하자 김호철이 피식 웃었다.

"16번 그렇게 안 봤는데 뒤통수 치는 버릇이 있나 보네."

"그러게요."

혜원의 말에 고개를 끄덕인 김호철이 문득 주위를 보다가 말했다.

"그러고 보니 우리 혜원이하고 이렇게 단둘이 있는 것은 처음인 것 같네."

김호철의 말에 혜원이 미소를 지었다. 그동안은 자신의 부하나 행복 사무소 직원들과 같이 있어 이렇게 단둘이 있게 된 것은 지금이 처음인 것이다.

잠시 혜원을 보던 김호철이 무슨 생각이 났는지 그녀를 바라보았다.

"놀이공원 갈까?"

"놀이공원?"

"혜원이 놀이공원 한 번도 가 본 적 없지?"

"응."

"그럼 가자. 가서 맛있는 것도 먹고 재밌는 놀이기구도 타고.”

놀이공원 가서 혜원이와 놀 생각을 하니 기분이 좋은 김호철이 서둘러 걸음을 옮기기 시작했다.

장로가 되는 것을 허락한 그날, 뉴스에 그에 대한 뉴스가 나왔다.

〈SG 도원군 국장과 한국 능력자 협회 백진 협회장은 금일 오후 다섯 시에 기자회견을 가지고 행복 사무소 소속의 일명 블러드 나이트 김호철 씨가 한국을 대표하는 능력자 장로가 되었음을 밝혔습니다. 해서 한국을 대표하는 능력자 칠장로는 앞으로 팔장로가 되었습니다. 그럼 이 자리에 국내 최대 능력자 사이트 슈퍼 히어로 운영자이신 이현진 씨를 모시고 새로 장로가 된 김호철 씨에 대한 이야기를 나눠 보겠습니다.〉

수정 카페에서 뉴스를 보던 김호철은 자신에 대한 이야기가 나오자 호기심 어린 눈으로 TV를 바라보았다.

“오! 이거…… 거물이 되어버렸어.”

장난기가 가득한 박천수의 말에 김호철이 웃었다.

“앞으로는 김 장로라 불러주십시오.”

“후! 그럴까? 김 장로, 한턱내야 하는 것 아냐?”

“언제 회식이나 한번 하죠.”

김호철의 말에 박천수가 박수를 쳤다.

“좋구만!”

웃는 박천수를 보던 마리아가 김호철을 바라보았다.

“하지만 앞으로 좀 귀찮은 일이 생길 거예요.”

마리아의 말에 김호철이 고개를 끄덕이고는 그녀를 바라보았다.

“도전이라면 이미 들었습니다.”

“죽이면 안 돼요.”

마리아는 김호철이 질 것이란 생각은 전혀 하지 않았다. 지금이라면 자신도 김호철에게 상대가 되지 않을 것이란 생각이 드니 말이다.

“죽일 생각은 없지만 죽자고 달려들면 어쩔 수 없지 않겠습니까? 게다가 인터넷에 돌아다니는 제 동영상을 봤다면 제가 어느 정도 수준인지는 알고 오는 도전자일 테니 그들도 약하지는 않을 겁니다.”

“강자들이겠죠. 하지만 죽이는 것은 마지막 선택이에요.”

“알겠습니다. 최대한 죽이지 않고 제압하는 쪽으로 하겠습니다.”

그리고…… 김호철과 마리아가 말을 한 도전은…… 생각보다 일찍 찾아왔다.

"김호철!"

잠을 자던 김호철은 밖에서 자신의 이름을 크게 부르는 누군가의 고함에 눈을 떴다.

"어떤 새끼가……."

눈을 뜬 김호철이 창가로 다가가 밖을 바라보았다. 카페 앞에 한 사내가 서 있었다. 삼십 대 정도로 보이는 사내였다.

김호철이 입맛을 다셨다.

"도전이라……."

잠시 사내를 보던 김호철이 눈을 찡그리고는 서둘러 밖으로 나왔다.

"새벽부터 이게 무슨 소란입니까!"

"나는 전라북도에서 온 이진수다. 나는 네가 장로……."

"싸우자고 온 것 아닙니까?"

"뭐?"

"따라오세요."

김호철이 카페 안으로 걸음을 옮기자 잠시 그 모습을 보던 이진수가 그 뒤를 따랐다.

"하암!"

카페의 바에는 언제 내려왔는지 마리아가 하품을 하고 있었다. 그러다 김호철의 뒤를 따라오는 이진수를 보고는 웃었다.

"생각보다 거물이 왔네요."

마리아의 말에 김호철이 그녀를 바라보았다.

"아는 사람입니까?"

"예전에 몇 번 같이 일을 한 적이 있어요. 방심하지 말아요. 아주 강한 분이세요."

마리아의 말에 이진수가 그녀를 바라보았다.

"내 능력에 대해 조언을 해줄 거면 해줘도 돼."

이진수의 말에 마리아가 웃었다.

"어머? 지금 제 말을 잘못 들으셨나 봐요."

"뭐가?"

"앞말은 호철 씨에게 한 거지만…… 뒷말은 진수 아저씨한테 한 거예요."

마리아의 말에 이진수가 눈을 찡그렸다.

"흥! 내 사전에 방심이란 없어."

"그럼 그렇게 하세요. 아! 그리고 대전하는 모습 실시간 인터넷 중계해도 되죠?"

"인터넷 중계?"

"진수 아저씨 정도면 어지간한 도전자들은 포기할 테니

까요."

"지금…… 내가 질 것이라고 확신을 하는 모양이군."

"뭐…… 그렇죠."

"흥! 마음대로 해."

두 사람이 이야기를 나누는 것을 보던 김호철이 지하 훈련장으로 내려갔다.

그런 김호철의 뒤를 따라 내려간 이진수는 놀란 눈으로 지하 훈련장을 바라보았다.

"행복 사무소 훈련장이 대단하다고 하더니……. 정말 대단하군."

이런 훈련장은 본 적이 없는 듯 감탄 어린 눈으로 주위를 둘러보는 이진수를 보며 마리아가 초아를 불렀다.

"인터넷 방송에 접속해서 이거 방송해."

-제목은 뭐라고 적을까요?

"제목이라……. 사람들이 들어올 수 있게 좀 자극적으로 해야겠지? '블러드 나이트, 피 튀는 실전'이라고 해."

-알겠습니다.

초아가 허공에 뭔가 자판을 치는 시늉을 하자 벽 한쪽이 열리며 스크린이 나타났다.

그리고 곧 스크린에 김호철과 이진수의 모습이 나타났다.

〈와! 블러드 나이트 실전이래!〉

〈대박…… 블러드 나이트라니!〉

〈근데 누가 블러드 나이트임?〉

〈어? 저거 고독한 늑대 이진수 아님?〉

〈대박! 이진수다! 이진수 엄청 센데. 와…… 대박.〉

〈헐…… 블러드 나이트하고 이진수하고 붙는 거임?〉

화면 옆에 나타난 채팅창이 미친 듯이 빠르게 올라가기 시작했다.

그리고…….

〈화이트홀 님께서 별사탕 200개를 선물하셨습니다.〉

〈화이트홀 님께서 열혈 팬이 되셨습니다.〉

인터넷 방송에 별사탕이 터지고 사람들의 채팅이 빠르게 올라가는 것을 슬쩍 본 김호철이 이진수를 바라보았다.

"고독한 늑대? 별명이 멋지십니다."

"다 사람들이 하는 말일 뿐……. 준비됐나?"

이진수의 말에 김호철이 그를 보다가 고개를 끄덕였다.

화아악!

김호철의 몸에 데스 나이트 갑옷이 입혀졌다.

철컥! 철컥!

빠르게 데스 나이트와 합체를 한 김호철이 손을 들었다.

화아악!

김호철의 손에 창이 모습을 드러냈다. 칼이 아닌 다니엘과 합체를 한 이유는 해머의 공격력이 너무 세 이진수를 죽일 가능성이 커서였다.

창도 제대로 한 방 맞으면 죽는 것은 같지만 그래도 관통상 정도로 끝날 확률이 크니 말이다.

창을 든 김호철이 거창을 하고는 이진수를 바라보았다.

그런 김호철의 모습에 이진수가 대소를 했다.

"하하하! 데스 나이트와 합체라! 좋아! 재밌겠어!"

이진수가 웃으며 주먹을 움켜쥐었다.

"하앗!"

이진수의 기합에 순간 그의 몸에서 붉은 기운이 뿜어졌다.

화아악! 화아악!

그의 몸에서 뿜어진 붉은 기운이 김호철의 갑옷처럼 이진수의 몸을 감싸기 시작했다. 그리고 이진수의 손에 보기에도 날카로워 보이는 붉은 기운의 칼날들이 손톱에 맺혔다.

화아악!

그런 이진수를 보던 김호철이 창을 쥔 손에 힘을 주었다.

"가자."

김호철의 말에 그와 합체를 한 다니엘이 땅을 박차며 이진수를 향해 쏘아져 갔다.

파앗!

그런데 다니엘의 움직임이 묘했다. 땅을 박차는 것과 동시에 마치 빙판에 미끄러지듯이 움직이는 것이다.

'신행! 익혔구나.'

할 수 있을 거라 생각을 해서 가르쳐 주라고 했지만, 다니엘이 실제로 16번의 신행을 펼치고 있는 것이다.

김호철이 몸의 감각에 집중시켰다. 다니엘이 신행을 어떻게 펼치는지 몸으로 알아내려는 것이다.

'마나를 뿜어내는 느낌보다는…… 마나를 타고 흐르는 느낌 같은데?'

김호철은 이진수에 대한 싸움보다 신행의 느낌에 집중을 했다. 이진수와의 싸움이야 다니엘이 맡으면 되는 것이니 말이다.

'느낌이 묘한데.'

16번의 말에 의하면 신행은 마나를 뿜어 이동하는 것이다. 그렇다면 몸을 들어 올릴 정도의 마나를 뿜어내야 하는데…… 지금 느낌은 마나를 뿜어낸다기보다는…….

'마나가 발을 감싸고 있는 것 같은데…….'

김호철이 신행에 대한 생각을 하고 있을 때 다니엘의 몸은 빠르게 이진수에게 미끄러져 가고 있었다.

스스슥!

미끄러지듯이 앞으로 나아간 다니엘이 창을 뒤로 당겼다. 그리고 뒤로 당겨졌던 다니엘의 창이 회전을 하며 앞으로 향했다.

휘리릭!

마치 드릴이라도 되는 것처럼 빠르게 회전을 하던 창에서 순간 검은빛이 뿜어졌다.

번쩍!

다가오는 다니엘을 향해 곧장 달려가던 이진수는 검은빛이 쏘아져 오는 것에 급히 멈춰서는 양손을 휘저었다.

파파파팟!

이진수의 손에서 뿜어진 붉은 기운이 수십 개의 혈선을 만들어내며 허공을 수놓았다.

퍼퍼퍼퍼펑!

이진수가 만들어 놓은 혈선들이 검은빛에 터져 나갔다. 그러고도 힘이 남은 검은빛이 혈선을 뚫었다.

펑!

폭음과 함께 이진수의 몸이 뒤로 크게 밀려났다.

주루룩!

뒤로 밀려난 이진수가 땅에 발을 디디며 멈추고는 굳은 얼굴로 팔을 바라보았다. 마나로 이루어진 마갑이 충격에 흔들리고 있었다. 그에 이진수가 주먹을 움켜쥐었다.

화아악!

마갑이 다시 고정되자 이진수가 굳은 얼굴로 김호철을 바라보았다. 김호철은 창을 앞으로 내지른 자세 그대로 그를 보고 있었다.

그런 김호철을 보며 이진수가 미소를 지었다.

"좋아! 이 정도는 돼야지!"

외침과 함께 이진수가 땅을 박찼다.

파파팟!

방금 전 공격을 의식했는지 좌우로 빠르게 이동을 하며 김호철에게 다가간 이진수의 신형이 순간 사라졌다.

사악!

그리고 다시 나타난 이진수는 김호철의 뒤에 있었다. 순간적으로 마나를 가속해 상대의 배후로 순간 이동과 같은 속도로 이동을 하는 이진수의 특기, 고속 이동이었다.

그런데…… 김호철이 어느새 몸을 돌려 이진수를 보고 있었다.

"늦었어!"

외침과 함께 이진수의 기다란 마나 손톱이 김호철의 가슴을 향해 휘둘러졌다.

움찔!

그 공격에 김호철이 든 창이 꿈틀거렸다. 이진수의 공격에 다니엘이 반응을 하려는 것이다.

하지만 그것을 멈춘 김호철이 정신을 집중했다.

'마나 집중해.'

생각과 함께 그 명령을 받아들인 다니엘의 가슴에 검은 기운이 맺히기 시작했다.

그리고 다니엘의 가슴에 이진수의 손이 휘둘러졌다.

펑!

폭발과 함께 이진수의 몸이 뒤로 튕겨져 나갔다.

"크아악!"

튕겨져 나가는 이진수의 손가락은 부러진 것처럼 뒤틀려 있었다.

김호철은 방어용으로 마나 집중을 사용했지만…… 김호철이 가진 어마어마한 양의 마나가 모여 방어력이 높아진 곳을 이진수가 때렸으니 멀쩡할 수 없었다.

어쨌든 이진수가 튕겨져 나가는 것과 함께 김호철이 땅을 발로 밀었다.

스스슥!

마치 뱀이 땅을 미끄러져 가는 것처럼 나아간 김호철이 하늘에 떠 있는 이진수를 따라 잡았다.

덥썩!

이진수의 발을 잡은 김호철이 그대로 팔을 아래로 향했다.

부웅!

쾅!

"크악!"

땅에 그대로 내리꽂힌 이진수의 비명을 들으며 김호철이 다시 발을 들어서는 반대로 내리꽂았다.

쾅!

"크아악!"

쾅!

"크아악!"

쾅!

마치 인형을 들었다 내리꽂는 것처럼 몇 번을 그렇게 땅에 내리꽂은 김호철이 이진수를 들어 올렸다.

"헉헉헉!"

개구리 패대기치듯 땅에 연신 박혔던 이진수는 거친 숨소리만 내고 있었다.

김호철은 이진수를 든 채 인터넷 방송이 나오는 스크린을 바라보았다.

〈대박…… 고독한 늑대 이진수가…….〉

〈헐…… 이진수가 졌다.〉

〈상대가 안 되는데? 블러드 나이트 엄청 강하다.〉

〈이진수가 약한 거 아냐?〉

〈말도 안 되는 소리임. 이진수 오거 잡는 동영상 못 봤음?〉

〈님들이 지금 알아야 할 건 이진수가 강하다 약하다가 아니라…… 지금 블러드 나이트는 전력으로 싸운 것도 아니라는 거임. 블러드 나이트 몸에서 붉은 기운 안 나왔잖음. 그게 전력을 다한 상태의 모습임.〉

〈와…… 대박 세다.〉

8장

호철, 별사탕 만 개를 받다

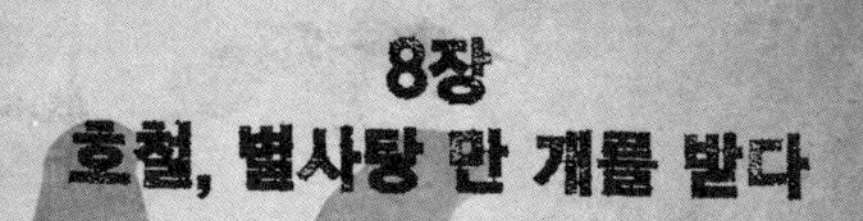

스크린에 떠 있는 채팅창을 보며 김호철이 초아를 바라보았다.

"내 모습 정면으로 잡아줄래?"

김호철의 말에 초아가 손을 들자 스크린에 보이는 김호철의 모습이 정면으로 바뀌었다.

스크린에 있는 자신의 모습을 보며 김호철이 이진수의 몸을 높이 들었다.

"크으윽!"

발이 잡혀 거꾸로 들린 이진수를 한 번 본 김호철이 스크린을 보며 말했다.

"장로 블러드 나이트 김호철입니다."

〈우와! 지금 우리들에게 말하는 건가 봐. 블러드 나이트 팬이에요.〉

〈그 능력 어디서 구할 수 있음? 각성한 계기라도 있음?〉

〈나도 그 능력 갖고 싶음요. 각성 어떻게 하나요?〉

〈각성 어떻게 해요?〉

채팅창에는 각성에 관한 질문이 많이 올라왔다. 확실히 일반인에게 능력자가 될 수 있는 각성에 관한 것은 최대 호기심인 것이다.

채팅창이 요란하게 올라가는 것과 함께 별사탕이 떠올랐다. 작게는 하나부터 많게는 천 개까지 올라오는 별사탕을 보며 김호철이 입을 열었다.

"제가 장로가 된 것에 의문을 품고 여기 이진수 씨처럼 저에게 도전할 분이 있을 겁니다. 강해 보이지도 않는데 장로? 내가 이겨서 내가 장로가 되겠다. 하시는 분들이나 자신의 강함을 증명하고 싶은 분들…… 도전을 거절하지는 않겠습니다. 하지만……."

스윽!

김호철이 이진수를 앞으로 향하게 하고는 말했다.

"각오는 하고 오십시오."

말과 함께 이진수를 내려놓던 김호철이 문득 생각난 것이 있는지 스크린을 바라보았다.

"그리고…… 점심 이후, 오후 한 시에서 세 시 사이에만 오십시오. 그 외 시간에 오셔서 자는 저를 깨우거나 사람들을 불편하게 하면 진짜 각오하셔야 할 것입니다."

그러고는 김호철이 채팅창을 바라보았다.

〈그런 것 말고 각성 어떻게 해요?〉

〈각성 비밀 같은 것 좀…….〉

자신의 말에 신경도 쓰지 않고 자신들이 하고 싶은 말만 올라오는 채팅창을 보던 김호철이 초아에게 눈짓을 주었다. 그러자 초아가 인터넷 방송을 종료했다.

화아악!

데스 나이트 갑옷을 해지한 김호철이 쓰러져 있는 이진수를 바라보았다.

"하악! 하악!"

거친 숨을 몰아쉬고 있는 이진수를 보던 김호철이 그를 안아 들었다.

"이리로 데려오세요."

마리아의 말에 김호철이 이진수를 그녀에게 데리고 갔다.

"초아야."

마리아의 부름에 훈련장 벽 한쪽이 열렸다.

스르륵!

열린 벽에서 병원 침상이 빠져나왔다. 침상 위에 이진수를 올려놓자 마리아가 그 몸을 살폈다.

"다행히 부러진 곳은 없는 것 같고……."

몸을 이리저리 만지던 마리아가 가슴을 손으로 눌렀다.

"크윽!"

가슴을 누르자 신음을 토하는 이진수의 모습에 마리아가 고개를 끄덕였다.

"갈비뼈에 금이 좀 간 모양이네요."

"그런 것도 아십니까?"

"부러졌으면 내장을 찌르거나 해서 피를 토했겠죠."

그러고는 마리아가 초아에게 가슴 보호대와 진통제를 가져오게 했다.

마리아가 이진수를 치료하는 것을 보던 김호철이 잠시 생각을 하다가 지하 훈련장 가운데로 걸어갔다.

뚜벅! 뚜벅! 화아악!

걸음을 옮기는 사이 김호철은 어느새 데스 나이트와 합체를 하고 있었다.

'신행, 신탄, 마나 집중…….'

계획한 것은 아니지만 이진수와의 싸움에서 신권의 세 가지를 모두 사용했다.

다니엘이 사용한 일직선으로 쏘아진 검은빛은 신탄이었다. 거기에 이진수의 공격을 방어한 것은 마나 집중…….

물론 사용한 것은 김호철 자신이 아닌 다니엘이기는 하지만 어쨌든 그 몸을 통해 펼쳐진 것이다.

그래서 데스 나이트와 합체를 한 채 그 기술들을 펼쳐 보며 자신이 익히려는 것이다.

"일단 신행부터 익혀볼까?"

김호철은 신행이 마음에 들었다. 달리는 것도 아니라서 육체적으로 힘들지도 않을 것 같고…… 미끄러지듯 나가는 것이 스케이트 타는 것처럼 재미도 있을 것 같고 말이다.

감을 익히기 위해 김호철이 발을 움직였다.

"신행."

김호철의 말에 다니엘이 그의 몸을 움직이며 신행을 펼치기 시작했다.

스윽! 스윽!

미끄러지듯이 지하 훈련장을 나아가며 김호철은 생각보다 더 재밌다는 것을 느꼈다.

"재밌네."

작게 중얼거린 김호철이 뒷짐을 지고 마나의 움직임에 집중을 하기 시작했다.

어두컴컴한 방에 한 남자가 컴퓨터를 하고 있었다.

"크크크! 이놈 골 때리네."

웃으며 파프리카 TV를 보던 남자가 별사탕 보내기를 눌렀다. 별사탕 천 개로 팬 가입을 하자 파프리카 TV 비제이가 미친 듯이 날뛰기 시작했다.

"크크크!"

그것을 재밌게 보던 남자가 다시 별사탕을 쏘려 할 때 채팅창에 글이 올라오기 시작했다.

〈우와! 지금 블러드 나이트하고 고독한 늑대 현피 하는 것 방송한대요.〉

〈진짜? 블러드 나이트? 그 장로?〉

〈대박!〉

채팅창 글과 함께 시청자 수가 빠르게 줄어들기 시작했다. 그에 비제이가 나가지 말라고 소리를 질러댔지만 순식간에 시청자 수가 반으로 줄어버렸다.

그것을 보던 남자의 얼굴에 호기심이 어렸다.

"블러드 나이트라……. 어디 후배님 실력이 어떤지 한번

볼까?”

이진수가 시작이었다. 이진수를 시작으로 각지의 내로라 하는 능력자들이 김호철에게 도전을 했다.

그리고 오늘도 김호철은 도전자를 만나고 있었다.

수정 카페 앞에는 세 명의 사내가 서 있었다. 모두 긴장감이 어린 얼굴로 서 있는 사내들을 보던 김호철이 주위를 둘러보았다.

주위를 가득 메우고 있는 구경꾼들을 보던 김호철이 시계를 바라보았다.

〈03:00〉

‘세 시.’

정확하게 세시가 되자 김호철이 앞에 서 있는 세 사내를 한 번 보고는 주위를 둘러보았다.

“오늘 도전자는 이 세 분으로 마무리하겠습니다.”

그러고는 김호철이 세 사내를 향해 고개를 돌렸다.

“그전에는 저희 지하 훈련장에서 싸웠는데 아무래도 저희 사무소 사람도 아닌 분들이 들락날락 거리는 것이 불편해서 오늘부터는 여기…… 이 자리에서 싸울 겁니다."

김호철의 말에 한 사내가 주위를 바라보았다.

"여기서 하면 주위 피해가 심할 텐데? 괜찮소?"

"피해가 가지 않는 선으로 싸우면 좋겠지만 쉽지 않겠죠. 그래서……."

김호철이 손을 들자 카페 입구에 있던 혜원의 부하들이 주위로 흩어지며 사람들을 물리기 시작했다.

그 행동에 사람들이 주춤거리며 뒤로 물러났다. 그렇게 자리가 마련이 되자 혜원의 부하들이 긴 줄을 서로 연결해 잡았다.

화아악!

그러자 그들의 위로 하얀 막이 형성이 되며 솟구쳤다. 혜원의 부하들의 능력은 결계와 속박 계열이다.

그래서 지금 그들이 결계로 주위를 감싼 것이다.

"어지간한 충격은 막을 수 있는 경계입니다. 자! 그럼 시작합시다."

김호철의 말에 사내들이 서로를 한 번 보고는 둘은 뒤로 물러나고 한 명이 앞으로 나왔다.

그 모습에 김호철이 고개를 저었다.

"세 분 다 덤비십시오."

김호철의 말에 앞으로 나온 사내와 뒤에 있던 자들의 얼굴이 굳어졌다.

"지금…… 우리 셋을 한 번에 상대하겠다고?"

"시간도 없고…… 굳이 나눌 필요가 없습니다."

"감히……."

얼굴이 일그러진 사내가 자신을 노려보았다. 지금 그들도 나름 명성이 있는 강자다. 그런데 지금 김호철이 자신들을 혼자서 상대하겠다고 하니 자존심이 상한 것이다.

그런 세 사람을 보던 김호철이 주위를 둘러보며 말했다.

"여러분이 저를 찾아온 이유가 장로에 제가 어울리지 않다는 것 아닙니까?"

"그렇다."

"그래서 제가 세 분을 같이 상대하려는 겁니다. 장로라면…… 이 정도는 해야 할 것 같아서요."

화아악!

말과 함께 김호철의 몸에 데스 나이트 갑옷이 걸쳐졌다. 데스 나이트 하나가 아닌 둘과 합체를 한 김호철이 손을 내밀었다.

화아악!

창을 만들어낸 김호철이 그것을 허공에 휘두르고는 거창을 했다.

"빨리 합시다."

김호철의 말에 사내들이 서로를 한 번 보고는 고개를 끄덕였다.

타탓!

둘이 앞으로 나서고 한 명이 뒤에 남았다.

'둘은 근접이고, 하나는 원거리나 보조 계열인가? 뭐 상관없겠지.'

화아악!

생각과 함께 김호철의 몸에서 붉은 기운이 솟아올랐다. 데스 나이트 합체와 함께 오거의 힘까지 끌어올린 것이다.

"블러드 소울이다!"

"블러드 소울!"

붉은 기운을 본 사람들이 함성을 질렀다.

블러드 소울. 김호철이 오거의 힘을 끌어올리면 생기는 붉은 기운을 사람들이 '블러드 소울'이라 이름 붙인 것이다.

블러드 소울을 본 능력자들의 얼굴이 굳어졌다. 김호철에게 도전할 생각으로 그들도 파프리카 TV에 나온 동영상을 몇 번이나 봤다. 김호철의 능력과 힘을 알기 위해서 말이다.

그리고 그 동영상에 나온 도전자는 모두 강했다. 그런 도전자들이 김호철에게 속절없이 쓰러졌다. 블러드 소울을 사용하지 않은 김호철에게 말이다.

그런데 지금 김호철은 블러드 소울을 사용했다.

'왜 우리한테만…….'

전력을 다하는 것인가 조금은 억울하다는 생각을 하던 사내들이 침을 삼켰다.

"꿀꺽!"

침을 삼키는 사내들을 보며 김호철이 자세를 슬쩍 낮췄다.

철컥!

갑옷에서 작지만 조금은 묵직하게 들리는 금속음에 사내 중 한 명이 급히 손을 들었다.

"나…… 난 포기하겠소."

갑자기 싸움을 포기한 사내가 몸을 한 바퀴 회전했다.

화아악!

회전과 함께 사내의 몸이 주위의 색과 비슷하게 변하더니 그대로 사라졌다.

"카멜레온 주용수! 우우우!"

"겁쟁이!"

"싸우지도 않고 도망칠 거면 뭐하러 왔냐!"

카멜레온이라는 별명처럼 주용수라는 자는 주위와 색을 같게 만들어 은신을 하는 능력자였다.

사람들의 외침에 김호철이 남은 사내 둘을 바라보았다.

"두 분은 괜찮습니까?"

김호철의 말에 사내 둘이 입술을 깨물며 주먹을 들어 보였다.

"사람들 말처럼 싸우지도 않고 갈 거라면 오지도 않았다."

"그럼 갑니다."

김호철의 말에 한 사내의 몸이 금속으로 바뀌기 시작했다.

'천만 형님과 같은 금속 변화 능력자.'

그에 김호철이 다른 사내를 바라보았다. 다른 사내 역시 자신의 능력을 개방하고 있었다.

스르륵!

사내의 몸이 물처럼 투명하게 변했다.

'이번에는 물 변화 능력자인가?'

하지만…… 뭐든 상관없다. 김호철은 이번 대결…… 오래 끌 생각도 없고 질 생각도 없다.

'전력으로 끝낸다.'

파프리카 TV를 통해 자신의 강함을 사람들에게 알렸다. 그런데도 도전자가 멈추지 않았다. 아니, 오히려 늘어나는 것 같았다. 마치 자신과 싸워 명성을 높이려는 듯이 말이다.

그래서 이번에는 사람들이 보는 앞에서 제대로…….

'밟아놓는다.'

다시는 쉽게 덤벼들지 못하도록 말이다. 생각과 함께 김호철이 발에 힘을 주었다.

파앗!

땅을 박차는 것과 동시에 김호철의 몸이 미끄러지듯이 사내 둘을 향해 나아갔다.

사악! 사악!

순식간에 다가오는 김호철의 모습에 강철 사내가 강하게 땅을 발로 찍으며 정권을 찔렀다.

파앗! 사사사삭!

강철 사내의 손이 날카로운 칼날이 되어 김호철을 향해 찔러 들어왔다.

그 모습에 김호철이 칼날을 손으로 낚아챘다.

파파파팟!

김호철의 손바닥에 불꽃이 튀며 칼날이 빠져나왔다.

우두둑!

하지만 김호철이 손에 힘을 주자 칼날이 그대로 잡혔다.

'멀쩡해?'

김호철의 손이 잘려 나갈 것이라는 생각과 달리 멀쩡해 보이는 모습에 강철 사내가 입술을 깨물었다.

"하앗!"

기합과 함께 강철 사내가 그대로 손을 뒤로 당겼다.

움찔!

그런데 손이 당겨지지 않았다. 칼날을 뒤로 당겨 김호철의 손을 베려고 했는데, 손이 꿈쩍도 하지 않는 것이다.

'힘이?'

마치 바위에 꽂힌 것처럼 꿈쩍도 하지 않는 손에 강철 사내가 당황스러운 듯 다시 힘을 주었다.

하지만 여전히 꼼짝도 하지 않는 손…….

그럴 수밖에, 지금 김호철의 힘은 인간이 아닌 오거의 수준이니 말이다.

강철 사내가 놀라는 순간 김호철의 손이 강하게 뒤로 당겨졌다.

파앗!

"헉!"

엄청난 힘에 강철 사내의 몸이 붕 뜨더니 김호철에게 끌려왔다.

그런 강철 사내를 향해 주먹을 휘두르려던 김호철의 얼굴에 의아함이 어렸다. 끌려오던 강철 사내의 몸이 허공에 멈춰 있는 것이다.

'물 사나이?'

강철 사나이의 몸을 다른 사내의 물이 붙잡은 것이다.

'일타쌍피.'

서로 연결된 둘을 본 순간 김호철이 손가락을 튕겼다.

파지직!

김호철의 손에서 튕겨진 뇌전이 칼날에 닿았다. 그리고…….

파지직! 파지직!

"우우우우!"

"으으으윽!"

칼날과 물을 타고 흘러간 뇌전에 두 사내가 바들바들 떨어대기 시작했다.

금속과 물, 둘 다 전기가 통하기 쉬운 것이다.

털썩!

화아악!

검은 연기를 뿜어내며 쓰러지는 두 사람의 모습에 김호철이 아차 싶었다.

"이런……."

사람들한테 자신이 강하다는 것을 보여주고 본보기를 삼으려고 했는데 뇌전 한 방에 둘을 동시에 쓰러뜨려 버린 것이다.

너무나 순식간에 끝나 버린 대결에 잠시 말이 없던 사람들이 곧 우레와 같은 함성을 지르기 시작했다.

"와아! 블러드 나이트 대박!"

"블러드 나이트 정말 세다!"

"블러드 나이트!"

사람들의 함성에도 김호철은 그다지 기분이 좋지 않았다.

"하아……."

작게 한숨을 쉰 김호철이 슬쩍 혜원의 부하들을 바라보았다. 혜원의 부하들도 어색하게 김호철을 보고 있었다.

"오늘 싸울 때 좀 화려하고 강하게 나갈 겁니다. 혹시라도 제 공격이나 상대 능력자들의 공격에 방어 결계가 깨질 수 있으니 다들 고생 좀 해주십시오."

이런 부탁까지 들었는데…… 결국 그들의 결계에 닿은 것은 지나가는 바람 한 줄기뿐이었다.

"험!"

김호철의 기침에 혜원의 부하들이 슬며시 결계를 풀어내고는 카페로 모여들었다. 그들도 뭔가 있는 것처럼 나왔는데 아무것도 하지 않고 싸움이 끝나 버리니 어색한 것이다.

그런 이들을 보며 작게 한숨을 쉰 김호철이 쓰러져 있는 능력자들을 바라보았다.

의사와 간호사들이 그들을 살피고 있었다. 첫 번째 도전자였던 이진수 이후 도전자들이 오면 미리 앰뷸런스를 불러 옆에 대기시켜 놓고 있었다.

"괜찮습니까?"

"감전에 의한 화상인데 능력자들은 워낙 회복이 좋으

니…… 아마 삼 주면 다 나을 겁니다."

의사의 말에 고개를 끄덕인 김호철이 봉투 하나를 꺼내 내밀었다.

"부탁드리겠습니다."

"알겠습니다."

의사가 봉투를 품에 넣고는 쓰러진 능력자들을 들것에 싣고 갔다.

그것을 본 김호철이 구경꾼들을 향해 말했다.

"자! 이제 다들 돌아가세요."

김호철의 말에 구경꾼들이 그를 향해 손을 흔들었다.

"내일 또 올게요!"

"블러드 나이트 파이팅!"

구경꾼들이 하나둘씩 흩어지는 것을 보던 김호철이 카페로 걸음을 옮겼다.

카페 안으로 들어간 김호철의 눈에 이상한 것이 보였다. 박천수와 고윤희가 노트북 모니터를 보며 소리를 지르고 있는 것이다.

"와! 대박! 만 개!"

"대박!"

"헐…… 이 미친 놈 보소."

"여캠도 아니고 호철이한테 만 개?!"

"이것 봐! 또 쐈어!"

"와! 이 새끼…… 아니, 년일 수도 있지. 남자보다 여자들이 더 무섭다니까."

고윤희와 박천수가 노트북을 보며 연신 소리를 질러대는 것에 김호철이 고개를 갸웃거리고는 그들에게 다갔다.

"제 이름이 나오는 것 같은데 무슨 일입니까?"

김호철의 말에 박천수가 노트북 모니터를 가리켰다.

"여기 금수저 호구가 나타났다."

"금수저 호구?"

고개를 갸웃거린 김호철이 모니터를 바라보았다. 모니터에서는 김호철이 도전자들과 싸우는 것이 플레이되고 있었다.

"이건?"

"녹방이라고 그동안 네가 도전자들과 대결했던 거 재방송하는 거야."

"그런데요?"

김호철의 말에 고윤희가 화면 한쪽에 마우스를 올리고 뭔가를 불러냈다.

별사탕 개수

힘하면나 : 40,000.

블러드나이트@짱 : 3,572.

…….

별사탕을 쏜 시청자들 리스트를 보던 김호철이 웃었다.

"그동안 많이도 쐈네요."

"이거…… 오늘 쏜 것만이야."

"오늘? 오늘!"

오늘만 별사탕이 이렇게 들어왔다는 말에 김호철이 놀라 화면을 볼 때 박천수가 힘하면나 아이디를 가리켰다.

"이놈이 아까부터 만 개씩 벌써 네 번이나 쐈어."

"만 개?"

"만 개면 현금으로 백만 원이야. 그걸 네 번이나 쐈다니까."

"헐……."

금액에 놀란 것은 아니다. 네 번이라고 해도 사백만 원. 지금 김호철에게는 큰돈이 아니다. 다만, 얼굴 본 적도 없는 사람이 자신에게 별사탕으로 사만 개를 쐈다는 것에 놀란 것이다.

"나도 파프리카 TV 여캠방은 가끔 가지만 이런 놈은 처음이네."

박천수의 중얼거림에 김호철이 채팅창을 바라보았다. 채팅창에서도 이런 별사탕 개수에 놀란 듯 사람들의 채팅이 미친 듯이 올라가고 있었다.

글을 읽을 수도 없을 만큼 말이다. 그런데…….

초아가 모습을 드러냈다.

-채팅창에 보셔야 할 내용이 있습니다.

"봐야 할 내용?"

김호철이 초아를 보자 그녀가 노트북 채팅창을 위로 올리기 시작했다. 그리고 손으로 한 곳을 가리켰다.

〈힘하면나(wkdeotn) : 장로된 것 축하하네, 후배. 내일 두 시쯤 갈 테니 보자고.〉

"후배?"

이게 뭔 소리인가 싶고 왜 이걸 봐야 하나 싶어 김호철이 초아를 바라보았다.

"그냥 쓴 것 아냐?"

-보셔야 할 것은 아이디입니다. wkdeotn……. 한글을 영타로 그냥 친 것입니다. 이걸 한글 자판으로 바꿔 쓰면 장대수입니다.

초아의 말에 박천수와 고윤희, 그리고 김호철의 얼굴에 놀람이 어렸다.

"장대수면…… 칠장로 중 한 명?"

"오거 던지기?"

오거 던지기 장대수.

별명 그대로 오거를 들어 던져 버린 사람이 바로 장대수다.

그것도 얼마나 높이 던졌는지 떨어진 오거가 목이 부러져 죽었다는…… 그런 황당한 전설을 가지고 있는 칠장로 중 일인이었다.

전 세계는 몰라도 한국에서는 독보적인 힘을 가진, 어쨌든 힘이라면 세계 톱 수준의 장대수가 지금 김호철에게 별사탕을 쏜 것이다.

"이게 그 장대수일까?"

고윤희가 '힘하면나'라는 아이디를 보며 중얼거리자 박천수가 고개를 끄덕였다.

"장대수 하면 힘이고, 아이디도 간단하게 자기 이름 영타로 써놓은 걸 보면 그가 맞는 것 같아."

"만난 적 있어요?"

"두 번인가 게이트 임무를 같이 한 적이 있지."

"힘이 그리 좋다고 하던데……. 오거를 들어서 던져 버린다면서요."

고윤희의 물음에 박천수가 고개를 끄덕였다.

"맞아. 한 번은 오거를 들고 몬스터를 때려잡았지."

"오거로 어떻게?"

김호철의 말에 박천수가 숟가락을 하나 들고는 손가락 끝으로 잡았다.

"이렇게."

탕탕탕!

숟가락으로 바 테이블을 두들기는 박천수의 모습에 김호철은 황당했다.

"사람 힘이 아무리 좋아도 그렇지. 어떻게 오거를 그렇게?"

오거를 숟가락처럼 들고 좌우로 휘두르려면 얼마만큼의 힘이 필요할까?

가늠하기 어렵다. 김호철도 몸에 오거의 힘이 있으니 오거를 드는 것은 어떻게 할 수 있을 것이다. 하지만 장대수처럼 오거를 좌우로 휘두르는 것은 불가능할 것이다.

"힘이라는 능력은 능력자들 사이에서 아주 흔한 능력이야. 그런 능력을 가지고 장로에 오른 사람이야. 일반적으로 생각하면 안 돼."

박천수가 모니터를 보다가 마우스로 힘하면나를 클릭하고는 말했다.

"장로라는 이는 모두 괴물처럼 강하지만 특히 이 사람은 강해. 그 이유가 뭔지 알아?"

박천수의 말에 김호철이 고개를 저었다. 그런 김호철을 보며 박천수가 입을 열었다.

"이 어마어마한 힘이 인간이라는 작은 몸에 담겨 있기 때문이야."

"작은 몸?"

"넌 개미 맨이라는 영화 안 봤냐?"

"봤습니다."

"거기 보면 개미처럼 작은 인간의 펀치에 사람이 날아가지? 그렇다고 그 작은 인간이 능력자처럼 강한 힘을 가진 것도 아니고 그저 작아졌을 뿐인데. 그런데도 그만한 대미지를 입힐 수 있어. 장대수 같은 경우는 오거 이상의 힘이 그 몸에 들어 있는 거야. 아무리 너라도 한 대 제대로 맞으면 죽을 거야."

말과 함께 박천수가 힘하면나에게 메시지를 보냈다.

〈블러드나이트 : 장대수 장로님이십니까?〉

메시지를 보내고 잠시 있자 힘하면나에게 메시지가 왔다.

〈힘하면나 : 호오! 나를 아나?〉

〈블러드나이트 : 유명한 분인데 모를 리 없지요.〉

자신이 쓰는 것처럼 메시지를 주고받는 박천수를 힐끗 본 김호철이 말했다.

“내일 왜 오는지 물어봐요. 그리고 도전을 하려는 것인지도.”

김호철의 말에 박천수가 고개를 끄덕이고는 자판을 두들겼다.

〈블러드나이트 : 내일 저를 보러 오시는 것입니까? 아니면…… 다른 이유라도?〉

〈힘하면나 : 요즘 자네 찾아가는 능력자들이 원하는 것이 하나밖에 더 있겠나.〉

〈블러드나이트 : 설마…… 저에게 도전을?〉

〈힘하면나 : ㅎㅎㅎ 장난하나? 이미 예전부터 장로인 내가 왜 자네에게 도전을 하나?〉

〈블러드나이트 : 그럼 왜?〉

〈힘하면나 : 흠…… 그냥 심심해서라고 하지. 그리고 장로가 될 자격이 있는지 시험도 해보고. 내일 두 시까지는 갈 테니까. 어디 가지 말고 기다리게.〉

메시지와 함께 장대수가 채팅창에서 사라졌다.

“이거…… 싸우자는 거네.”

모니터를 보던 박천수가 김호철을 바라보았다.

"명복을 빈다."

자신의 패배를 선언하고 있는 박천수를 보며 김호철이 고개를 저었다.

"고작 힘 능력입니다. 아무리 힘이 강하다고 해도 저도 쉽게 지지 않습니다."

김호철의 말에 고윤희가 고개를 끄덕였다.

"그건 호철이 말이 맞지. 아무리 힘이 센 주먹이라도 맞지 않으면 끝이고……. 김호철의 뇌전이면 원거리에서도 대미지 주기 충분하지. 아니면 하늘을 날아다니면서 공격해도 되고."

고윤희의 말에 박천수가 웃으며 김호철을 바라보았다.

"장대수는 현실판 헐크다. 명복을 빈다."

자신의 말을 무시하는 듯한 박천수의 웃음에 고윤희가 눈을 찡그렸다.

"내기 할래요?"

"좋아."

"딜!"

고윤희가 손을 내밀자 박천수가 그 손을 잡았다.

"일억짜리다."

"좋아요."

그러고는 고윤희가 김호철을 바라보았다.

"지면…… 장대수가 널 살려줘도 내가 죽일 거야. 반드시

이겨."

고윤희의 말에 김호철이 그 두 사람을 보다가 한숨을 쉬고는 전화기를 꺼내 들었다.

"협회장님, 저 김호철입니다. 장대수 장로가 내일 두 시에 저를 보러 온답니다. 네, 그럼 국장님도 같이 오시는 겁니까? 알겠습니다."

전화를 끊은 김호철이 모니터를 보다가 말했다.

"그런데 장대수 장로도 참 할 일이 없군요. 파프리카 TV에서 별사탕이나 쏘고 있고."

"왜 나도 가끔씩 쏘는데."

"별사탕을 쏘십니까?"

"많이는 안 쏴도 나 웃게 해주는데 밥이나 사 먹으라고 밥값 정도는 쏘지. 그리고 윤희도 가끔 파프리카 TV 여캠으로 활동도 해."

"윤희가?"

깜짝 놀란 김호철이 고윤희를 바라보았다.

"가끔씩 팬클럽분들 보라고 방송해. 그리고 방송하는 능력자도 꽤 있어."

고윤희가 마우스를 움직여 능력자 방송들을 보여주자 김호철이 호기심 어린 눈으로 방송을 바라보았다.

'별일이 다 있네.'

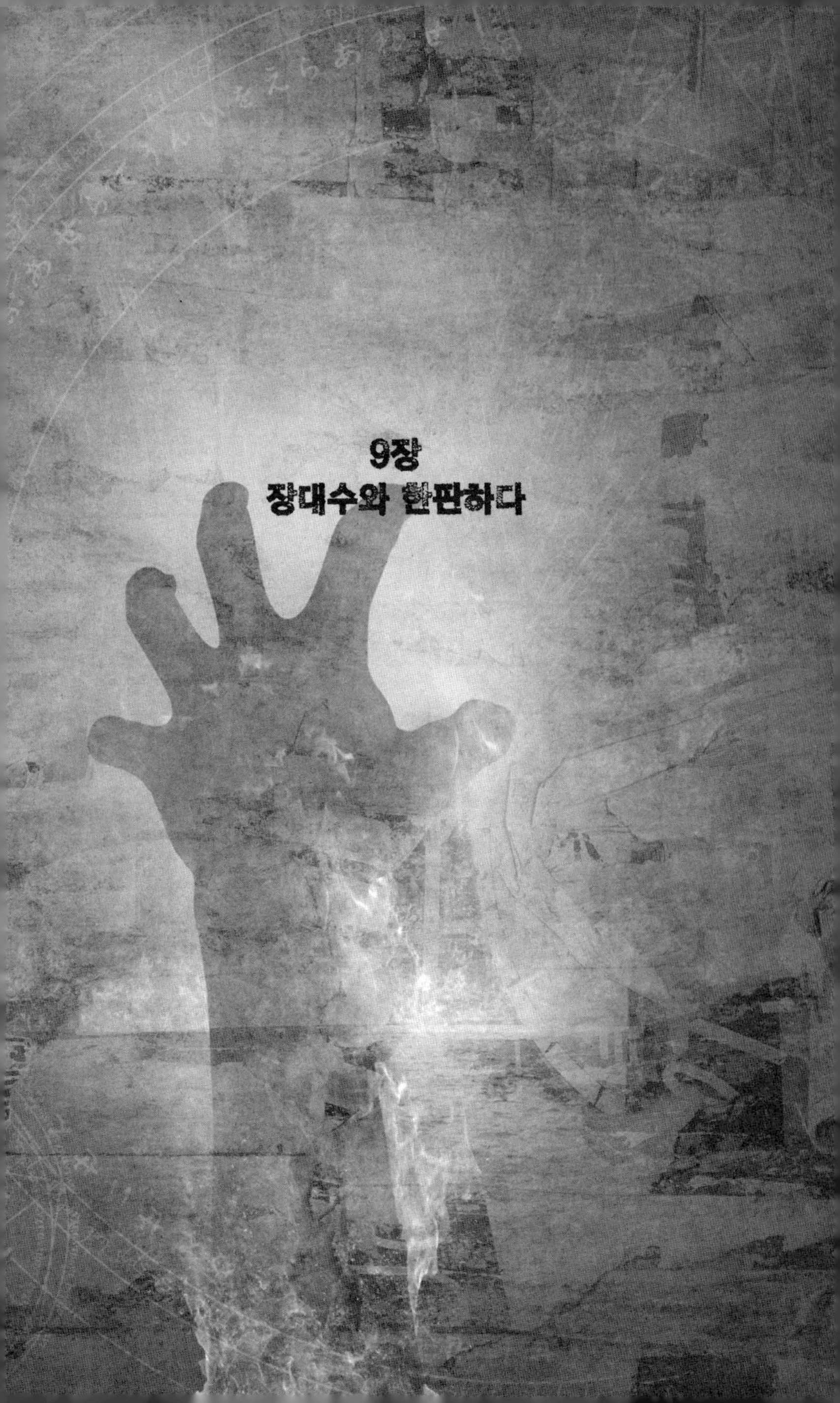

9장
장대수와 한판하다

수정 카페에서는 거물 둘이 바에 앉아 마리아가 내준 카레를 먹고 있었다.

"어떠세요?"

마리아의 말에 카레를 먹던 도원군이 웃었다.

"맛이 아주 좋군."

"그러게 소문이 자자해서 한번 먹어봐야지 했는데 이렇게 먹을 줄은 몰랐군."

도원군의 말을 받은 백진이 커피를 한 모금 마셨다.

"카레와 함께 먹는 커피도 괜찮군."

그렇게 맛있게 식사를 한 도원군이 입가를 닦으며 중얼거렸다.

“장대수가 두 시에 온다고?”

도원군의 중얼거림에 옆에 있던 김호철이 고개를 끄덕였다.

“그렇습니다.”

“쯧! 그렇게 찾아도 보이지를 않더니…….”

“지금이라도 나온 것이 어디인가.”

두 사람의 말에 김호철이 슬며시 말했다.

“그런데 장대수 장로가 저를 시험한다고 하는데…….”

“시험이라……. 뭐 죽이지는 않을 테니 걱정하지 말게.”

백진도 자신이 질 것이라 예상하는 것에 김호철은 조금 긴장이 되었다.

‘대체 얼마나 강하길래…….’

하지만 김호철은 아무리 생각해도 자신이 질 것이란 생각이 들지 않았다.

‘안 된다면 이그니스를 사용한다.’

김호철에게는 이그니스가 있는 것이다. 일본에서처럼 능력자들이 대규모로 싸우는 것이 아니니 이그니스의 불꽃을 마음껏 쓰지는 못한다.

하지만 한순간이면 된다. 한순간이라도 장대수가 이그니스의 불꽃 영역에 들어오면 끝인 것이다.

하지만 이그니스는 최후의 수단. 이그니스의 힘을 뿜어낼

줄만 알지 조절을 할 수 없는 김호철로서는 잘못하면 장대수를 죽일 수도 있는 것이다.

1시부터 수정 카페 앞에는 사람들이 모여들기 시작했다. 오늘도 도전자들이 나타나기를 기대하며 구경꾼들이 모여드는 것이다.

그 모습을 카페 안에서 보던 도원군이 김호철을 바라보았다.

"인기가 많군."

"이 동네 근처 사시는 분들이 마실 겸 나와 보는 거죠."

그러는 사이 카페 앞에 한 여자가 와서 섰다. 날카로운 눈매가 인상적인 중년 여인의 모습에 백진이 중얼거렸다.

"흠…… 오리온 길드 김미희군."

"아는 사람입니까?"

"랭킹 20위 정도에 들어가는 길드의 에이스니까."

백진의 말에 김미희를 보던 김호철이 몸을 일으켰다.

"나갔다 오겠습니다."

그러고는 김호철이 문을 열고 밖으로 나왔다.

"오리온 길드의 김미희예요."

"행복 사무소 김호철입니다. 세 시까지 시간이 좀 있으니 잠시 기다려 주십시오."

김호철의 말에 김미희가 고개를 끄덕이고는 한쪽에 있는 사람들에게 걸어갔다.

김미희와 같이 온 사람들인 듯 그녀가 다가오자 작게 이야기를 나누기 시작했다.

그리고 잠시 기다리자 고등학생 정도의 도전자가 한 명 더 왔다.

그에게도 시간이 될 때까지 기다리라고 말을 한 김호철이 시계를 바라보았다.

'2분 남았네.'

김호철이 시계를 볼 때 사람들 틈에서 한 중년인이 걸어 나왔다.

'특이한 사람이네.'

중년인이 다가오는 것에 김호철이 고개를 갸웃거렸다. 평범하게 생긴 중년인이었는데 좀 특이했다. 여자들도 부담스러워 할 커다란 귀걸이를 귀에 하고 있었는데, 그게 괜찮이 눈에 들어왔다.

"어이! 후배!"

'후배? 그럼 저 사람이?'

자신을 후배라 부르는 소리에 김호철이 남자, 장대수를 바라보았다.

"장대수 장로님?"

"그래, 보니 반갑구만."

김호철의 목소리를 들은 사람들이 놀란 눈으로 장대수를 바라보았다.

"장대수?"

"저 사람이 칠장로 중 한 명 장대수?"

"오…… 오거 던지기다!"

"대박! 오거 던지기 장대수가 김호철에게 도전을 하러 왔다."

도전을 하러 왔다는 말에 장대수가 눈을 찡그리고는 그 말이 들려온 곳을 바라보았다.

"떽! 누가 누구에게 도전을 해. 장로가 된 것도 내가 먼저인데. 난……."

딸랑!

말을 하던 장대수가 무엇을 느꼈는지 고개를 돌렸다. 그리고 얼굴에 미소가 어리기 시작했다.

"이게 누구야! 도원군 형님! 백진 형님!"

양손을 크게 들며 장대수가 다가오자 도원군이 눈을 찡그린 채 입을 열었다.

"대체 어디에 처박혀서 그동안 연락 한 번 하지 않았나?"

"하하하! 무소식이 희소식이라 하지 않습니까? 그동안 못 보다 이렇게 보니 더 반가운 것 아니겠습니까? 하하하!"

연신 웃음을 터뜨리며 장대수가 손을 내밀었다.

"오랜만에 뵈니 더 좋군요."

장대수의 말에 도원군이 그 손을 슬쩍 손으로 잡았다.

"힘주지 마."

"그럼요."

웃으며 도원군을 보던 장대수가 백진을 바라보았다.

"백 형님도 오랜만입니다."

"쯔! 늙은 형님들한테 일 다 맡겨두고 인터넷이나 하고 있었던 것이냐?"

"저도 나름 바빴습니다."

"뭘 하고 다녔는데."

"그건…… 하하하! 뭐, 지난 일이야 나중에도 이야기할 수 있는 것 아니겠습니까?"

웃으며 두 사람을 보던 장대수가 김호철을 향해 고개를 돌렸다.

"자! 어디 실력 좀 보자고."

"장로님 보다 먼저 오신 분들이 있으니 그분들 먼저 상대하고……."

김호철의 말에 김미희가 급히 앞으로 나왔다.

"장대수 장로께서 시험을 하신다 하니 저는 빠지겠습니다."

장로가 직접 나와 시험을 한다 하니 김미희가 빠진 것이다. 그에 김호철이 고등학생을 보니 그 녀석은 어느새 핸드폰으로 장대수와 도원군들을 찍느라 정신이 없었다.

"그럼 학생도 안 하는 것으로 알겠어."

자신의 말에 신경도 쓰지 않는 학생을 보던 김호철이 장대수를 향해 고개를 돌렸다.

"어떻게 하시겠습니까?"

김호철의 말에 장대수가 주위를 바라보았다.

"여기서 하면 장난 아닐 것 같은데……."

장대수의 말에 도원군이 고개를 끄덕였다.

"이리 오게."

도원군의 말에 장대수가 웃었다.

"오랜만에 뿅뿅이 하겠군요."

"뿅뿅이는 무슨."

도원군이 장대수와 김호철의 어깨에 양손을 올리고는 백진을 바라보았다.

"인원수 늘어나면 자네 힘이 들 테니 위치만 말해주면 나는 알아서 가도록 하지."

"서쪽으로 계속 오다가 폭음 들리는 섬이 그곳일세."

"알았네."

백진의 말과 함께 도원군이 하늘을 바라보았다. 그리고 사라지는 그들…….

화아악!

그리고 그들이 모습을 드러낸 곳은 지상에서 까마득하게 높은 하늘…….

나타나는 것과 동시에 떨어지는 그들의 몸이 다시 사라졌다가 서쪽에서 다시 나타났다.

그렇게 그들의 몸이 서쪽을 향해 순간이동을 반복하기 시작했다.

인천에서 상당히 떨어진 바닷가의 한 무인도…….

그곳에 도원군이 숨을 헐떡이고 있었다.

"헉헉헉!"

연신 거친 숨을 몰아쉬는 도원군의 모습에 김호철이 말했다.

"괜찮으십니까?"

"죽겠군."

도원군의 순간이동은 시야에 닿는 곳으로 이동과 자신에게 익숙한 장소로의 이동 두 가지로 나눌 수 있다.

그리고 지금 순간이동을 한 것은 시야에 닿는 곳으로의 이동…….

혼자 순간이동을 한다면 이 정도로 지칠 일은 없지만 타인과 함께 순간이동을 하는 것은 막대한 마나를 소모한다.

그런 순간이동을 수십 번을 했으니 도원군으로서도 무리가 되는 것이다.

지친 얼굴로 고개를 저은 도원군이 한쪽에 있는 바위에 엉덩이를 붙였다.

"할 거면 어서 하게."

도원군의 말에 장대수가 김호철을 바라보았다.

"시작할까?"

장대수의 말에 김호철이 숨을 크게 들이마셨다.

화아악! 화아악!

순식간에 데스 나이트와 합체를 한 김호철의 몸에서 붉은 기운이 흘러나오기 시작했다.

"시작부터 블러드 소울인가? 후! 잘 생각했군."

웃으며 장대수가 귀걸이를 풀었다.

툭! 툭!

귀걸이 두 개를 풀어낸 장대수의 몸에서 파란 기운이 솟아났다.

화아악!

'힘을 봉인하고 있었던 건가?'

김호철이 힐끗 장대수의 손에 들린 귀걸이를 바라보았다.

'귀걸이가 두 개……. 그럼 봉인도 두 개라는 말인데 쩝! 전력으로 하겠다는 건가? 하나만 풀지 두 개나 풀고 그래.'

전력으로 자신을 상대하겠다는 장대수의 의지를 느낀 김호철이 한숨을 쉬고는 해머를 꺼냈다.

화아악!

해머를 뽑아내는 김호철을 보며 장대수의 눈에 흥미로움이 떠올랐다.

"파프리카 TV에서는 창을 쓰던데 이번에는 전투 망치인가?"

"해머를 쓰면 위력이 너무 세서 상대를 죽일 수 있습니다. 그래서 창을 쓴 것입니다."

"후! 그럼 나는 죽여도 되고?"

장대수의 말에 김호철이 해머를 크게 한 번 휘두르고는 자세를 잡았다.

"소문대로라면 이 정도로 죽을 분은 아닐 것 같군요. 그리고 죽을 것 같으면 항복하셔도 됩니다."

김호철의 말에 장대수가 그를 보다가 웃었다.

"후배님, 입심이 대단하군. 좋아…… 아주 좋아."

웃으며 장대수가 자세를 낮췄다.

화아악!

장대수가 자세를 낮추자 그의 몸에서 파란 기운이 더욱 강해지기 시작했다.

"그럼 시작해 볼까."

"오십시오."

"죽지 말게."

쾅!

말과 함께 장대수가 밟고 있던 땅이 터져 나갔다.

파앗!

그리고 순식간에 김호철의 앞에 장대수가 나타났다. 아니, 쏘아져 왔다.

마치 포탄처럼.

'으득!'

쏘아져 오는 장대수의 모습에 데스 나이트가 몸을 움직여 피하려 했다.

'멈춰. 맞선다.'

힘으로 덤벼 오는 자와 힘으로 붙는 것 무식한 일이다. 하지만 김호철은 장대수의 힘이 어느 정도인지 일단 확인을 해 볼 생각이었다.

그래야 피하든 말든 싸움의 방향을 정할 수 있다. 그리고…….

'힘이라면 나도 지지 않아!'

명령과 함께 데스 나이트가 발에 힘을 주었다.

뿌드드득!

데스 나이트의 발이 땅에 박혀 들어갔다. 그리고 자세를 낮춘 데스 나이트가 날아오는 장대수를 향해 해머를 강하게 휘둘렀다.

생각은 길었지만 장대수가 쏘아져 오는 것과 김호철이 해머를 휘두른 것은 거의 동시에 벌어졌다.

그리고…… 해머가 장대수를 향해 휘둘러졌다. 자신을 향해 날아오는 해머를 향해 장대수가 주먹을 뻗었다.

해머와 주먹이 부딪히는 순간 폭발이 일었다.

꽝!

그 둘 사이에서 거대한 충격파가 터져 나갔다.

우르릉!

그 충격파 속에서 김호철의 얼굴은 굳어져 있었다.

'무슨 힘이?'

지금 김호철의 양팔을 감싼 데스 나이트 갑옷은 터져 나가 있었다.

하지만 놀란 것은 장대수도 마찬가지였다.

'나를 막아?'

자신의 주먹에 밀리지 않고 버티고 있는 해머…….

"제법 힘 좀 쓰네, 후배."

장대수의 말에 김호철이 그를 바라보았다.

"소문대로군요."

"소문대로는 무슨…… 지금부터 시작인데."

말과 함께 장대수가 해머에 대고 있던 주먹을 강하게 비틀었다.

펑!

주먹을 비트는 순간 해머가 뒤로 튕겨져 나갔다.

"크으윽!"

그 힘에 뒤로 밀려난 김호철이 정신을 집중했다.

화아악!

부서진 데스 나이트의 파편들이 검은 기운으로 변하며 흡수되었다.

철컥! 철컥!

빠르게 팔을 감싸는 데스 나이트 갑옷을 느끼며 김호철이 땅을 박찼다.

파앗!

파지직! 파지직!

순간 김호철의 등에서 뇌전의 날개가 만들어졌다.

파지직!

뇌전을 휘날리며 하늘로 솟구친 김호철이 양팔과 허리에 마나를 집중했다.

화아악! 화아악!

'크으윽!'

마나가 집중이 되자 김호철은 마치 격렬하게 운동을 한 후 몸에 파스를 뿌리는 것 같은 시원함을 느꼈다.

방금 그 짧은 충돌로 양팔과 허리에 대미지를 받은 것이다.

'일단 회복부터…….'

라는 생각을 하며 김호철이 장대수를 내려다보았다. 장대수는 하늘로 솟구친 김호철을 향해 손을 흔들고 있었다.

"곧 갈게."

'무슨 수로?'

능력이라고는 힘밖에 없는 사람이 어떻게 하늘에 있는 자신에게 온다는 말인가?

김호철이 그런 생각을 할 때 장대수가 무릎을 구부렸다. 그리고…….

펑!

폭발과 함께 장대수의 신형이 솟구쳤다.

우르르릉!

뇌성과 함께 포탄처럼 자신을 향해 솟구쳐 오는 장대수의 모습에 김호철의 얼굴에 황당함이 어렸다.

"제자리 뛰기?"

장대수는 제자리 뛰기로 하늘로 솟구치고 있는 것이다.

우르릉!

자신을 향해 쏘아져 오는 장대수의 모습에 당황스러워하던 김호철이 몸을 움직였다.

하늘로 솟구쳐 오는 것에 놀라기는 했지만.

'피하면 그뿐이지.'

파지직!

옆으로 빠르게 피한 김호철이 양손에 힘을 주었다.

파지직! 파지직!

김호철의 양손에서 뇌전이 솟구치기 시작했다. 그리고 자신이 있던 곳을 뚫고도 여전히 솟구치고 있는 장대수를 향해 손을 내밀었다.

"뇌전!"

파지직! 파지직!

김호철의 손에서 뿜어진 뇌전이 장대수를 향해 뿜어졌다. 자신을 향해 날아오는 뇌전을 본 장대수가 주먹을 뒤로 당겼다가 그대로 후려쳤다.

펑!

파지직! 파지직!

장대수의 주먹에 뇌전이 사방으로 흩어졌다.

'뇌전을 주먹으로 부숴?'

이게 말이 되나 싶었다. 뇌전이 물리적인 것도 아닌데 그것을 주먹으로 때려서 부숴 버리다니…….

황당해하는 김호철의 눈에 장대수가 몸을 오므리는 것이 보였다.

파앗!

이내 장대수가 크게 사방으로 몸을 활짝 펼치자 솟구치던 장대수의 몸이 허공에 멈췄다.

김호철이 의아해하는 사이, 장대수가 다시 한 번 다리를 오므렸다가 강하게 뻗자…….

펑!

순간 장대수가 있던 곳의 공기가 터져 나가면서 그의 몸이 김호철을 향해 쏘아져 왔다.

힘이 아무리 좋아도 그렇지…… 허공을 발로 차 날아오다니.

'이게 무슨, 말이 되는 거야?'

하지만 말이 되든 안 되든 지금 그 일이 바로 눈앞에서 벌어지고 있었다.

파지직!

뇌전을 뿜으며 김호철의 몸이 빠르게 좌우로 움직이며 뒤로 물러났다.

그리고 그런 김호철의 뒤를 장대수가 쫓아왔다.

퍼퍼퍼퍼펑!

연신 허공을 발로 차며 쫓아오는 장대수의 모습에 김호철은 해머를 움켜쥐었다.

너무 황당한 상황에 놀라 물러나고는 있지만 이래서는 끝이 없다.

'이대로 물러설 수만은 없어.'

우두둑!

해머를 쥔 손에 힘을 주며 김호철이 몸을 멈췄다.

파지직!

"붙어보자."

생각과 함께 김호철을 향해 장대수가 쏘아져 왔다.

"하앗!"

기합과 함께 김호철의 해머가 장대수를 향해 휘둘러졌다.

부웅!

펑!

순간 하늘을 발로 찬 장대수가 위로 솟구치며 김호철의 머리를 향해 발을 휘둘렀다.

파지직!

그 움직임에 김호철이 허리를 뒤집으며 발차기를 피하고는 해머를 위로 치켜들었다.

부웅!

자신을 향해 찔러오는 해머를 향해 장대수가 주먹을 휘둘렀다.

펑!

"크으윽!"

폭음과 함께 김호철의 몸이 빠르게 밑으로 떨어지기 시작했다.

휘이이익!

밑으로 떨어지던 김호철이 급히 자세를 바로잡으려 했다. 하지만 밑으로 떨어지는 속도가 줄어들지 않았다.

아무리 날 수 있다고 해도 그 힘을 넘어서는 충격에 빠져나오지 못하고 있는 것이다.

그에 김호철이 정신을 집중했다.

"가고일!"

화아악! 화아악!

김호철의 몸에서 가고일 두 마리가 나타나더니 그의 몸을 잡았다.

쏴아악!

하지만 김호철을 잡은 가고일 두 마리도 같이 떨어져 내렸다. 그리고…….

쾅!

김호철이 떨어진 바다가 폭음과 함께 커다란 물보라가 솟구쳤다.

쏴아아악!

쿵!

물보라와 함께 땅에 내려선 장대수가 주위를 보다가 한쪽에 있는 바위를 집어 들었다.

"끄응!"

소형차만 한 바위를 주워 든 장대수가 바다를 보다가 던졌다.

부웅! 쾅!

부웅! 쾅!

쾅! 쾅!

바다 속에서 김호철은 이리저리 움직이며 장대수가 던진 바위를 피하고 있었다.

'괴물이 따로 없네.'

속으로 중얼거린 김호철이 나가를 떠올렸다.

'나가.'

화아악!

나가가 소환이 되자 김호철이 그 어깨를 잡고는 섬 쪽으로 헤엄을 치게 했다.

스르륵! 스르륵!

나가를 잡고 섬에 다가온 김호철이 발로 땅을 짚고는 강하게 박찼다.

파아악!

순식간에 수면을 박차고 솟구치는 김호철을 향해 바위가 날아왔다.

"하악!"

기합과 함께 김호철이 해머를 강하게 휘둘렀다.

쾅! 후두둑!

박살이 나며 흩어지는 바위를 뚫고 김호철이 섬에 내려섰다.

탓!

섬에 내려선 김호철이 장대수를 바라보았다. 장대수는 커다란 바위를 들고 그를 향해 던지려다가 시선을 느끼고는 웃으며 바위를 뒤로 던졌다.

마치 공깃돌 던지는 것처럼 던져진 바위가 묵직한 소리를 내며 땅에 떨어졌다.

쿵!

땅을 통해 묵직한 진동까지 전해져 오는 바위를 본 김호철이 장대수를 바라보았다.

"대단하시군요."

"너도 대단해. 내 주먹을 막은 건 사람 중에서 네가 처음이다. 그래서 재밌네. 오랜만에 때리는 맛이 있는 놈을 만나서."

웃으며 목을 비튼 장대수가 주먹을 들고는 말했다.

"다시 시작하자. 그리고…… 한 가지 조언을 하자면 집중해."

"집중?"

"뭐 어중간한 놈 수십 명과 상대할 때는 네 뇌전이나 몬스터나 다 소용이 있을 거야. 하지만 나 같은 괴물을 상대하려면 뇌전도 몬스터도 소용없어. 네가 가장 잘하는 것…… 그리고 가장 강한 능력에만 집중을 해. 그게 가장 효과적이다."

장대수의 말에 김호철이 잠시 해머를 쥔 손에 힘을 주었다.

'내가 가장 잘하는 것…… 그리고 가장 강한 능력…….'

잠시 그에 대한 것을 생각하던 김호철이 장대수를 바라보았다.

"조언 감사합니다."

"감사는 무슨…… 재밌게 놀아보자고 알려준 거지. 그럼 시작해 볼……."

말을 하던 장대수의 얼굴에 의아함이 어렸다. 김호철의 몸에서 흘러나오던 블러드 소울이 그 몸으로 스며들고 있었다.

'싸움을 포기한 것은 아닐 테고…… 뭐지?'

장대수가 그런 생각을 할 때 김호철의 갑옷 모양이 변했다. 그와 동시에 김호철 옆에 다니엘이 모습을 드러냈다. 데스 나이트 두 기와 합체를 하고 있던 상황에서 다니엘과의 합체를 푼 것이다.

김호철이 다니엘의 어깨에 손을 올렸다.

“들어와라.”

화아악!

검은 기운이 되어 흡수되는 다니엘을 느끼며 김호철이 눈을 감았다.

‘칼…….’

—칼 폰 루이스.

‘내가 가장 믿는 것은 바로 너다. 내가 가진 힘 모두를 너에게 넘겨주겠다. 할 수 있겠냐?’

물음에 잠시 말이 없던 칼이 해머를 강하게 움켜쥐었다.

“칼 폰 루이스.”

김호철의 입을 빌어 자신의 이름을 말한 칼이 해머를 앞으로 내밀었다.

화아악!

그리고 칼의 몸이 점점 더 새까맣게 변하기 시작했다.

화아악! 화아악!

칼의 몸이 검게 변할수록 김호철의 얼굴은 굳어지고 있었다.

‘마나가…….’

칼이 무지막지하게 김호철의 마나를 빨아들이고 있는 것이다.

“으드득!”

하지만 김호철은 칼이 빨아들이는 마나를 막지 않았다. 아니, 오히려 호흡에 집중했다. 호흡을 통해 조금이라도 칼이 원하는 마나량을 맞춰주기 위해서 말이다.

"흡! 후우!"

스윽!

그리고 칼이 해머를 허공에 한 번 휘두르고는 자세를 잡았다.

"칼 폰 루이스."

칼의 말에 장대수가 흥미로운 듯 그를 보다가 고개를 끄덕였다.

"준비된 것 같으니…… 그럼 간다."

펑!

예의 폭발과 함께 장대수의 신형이 김호철을 향해 쏘아져 왔다.

우르릉!

뇌성과 함께 순식간에 앞에 나타난 장대수가 주먹을 휘둘렀다.

파앗!

빠르게 날아오는 주먹을 칼이 해머를 짧게 잡고는 옆으로 쳐 냈다.

팡!

큰소리와 함께 장대수의 주먹이 옆으로 튕겨졌다.

"좋아!"

자신의 주먹이 튕겨진 것에 한마디를 내지른 장대수가 발로 땅을 찍으며 다시 주먹을 휘둘렀다.

팡! 파파파팡!

그런 장대수의 주먹과 김호철의 해머가 연신 부딪히며 폭음을 내기 시작했다.

쏴아아악!

미친 듯이 불어대는 바람을 뚫고 백진이 하늘을 날고 있었다. 빠르게 서쪽으로 날아가던 백진이 눈을 찡그렸다.

'어디까지 간 것인가? 아니면 내가 방향을 잘못 잡은 건가?'

백진이 하늘에 멈춰 서서 정신을 집중했다. 그러자 바람을 타고 소리가 들려오기 시작했다.

끼룩! 끼룩! 쏴아악! 쏴아악!

갈매기 울음소리부터 파도치는 소리까지…….

정신을 집중하던 백진의 귀에 자신이 찾는 소리가 들려왔다.

꽝! 콰콰쾅!

바람 속에서 은은하게 폭발 소리가 들려오기 시작했다.

"저기다!"

휘이익!

방향을 바꾼 백진이 소리가 들려오는 곳으로 빠르게 날아가기 시작했다. 그리고 곧 백진의 눈에 한 섬에서 커다란 폭발이 일어나는 것이 보였다.

쐐아악!

연시 사방으로 터져 나가는 흙과 돌들에 백진이 밑을 내려다보고는 하강을 했다.

탓!

"왜 이리 늦었나?"

바위 위에 앉아 있던 도원군의 중얼거림에 백진이 입맛을 다셨다.

"조금 방향을 잘못 잡았네."

그러고는 백진이 한창 싸우고 있는 김호철과 장대수를 바라보았다.

그 둘은 딱 붙어서 치열하게 싸우고 있었다. 그리고 서로 부딪치고 떨어질 때마다 땅이 은은하게 울려왔다.

"호오! 대수를 상대로 저렇게 정면으로 싸울 수 있는 사람이 있을 줄은 몰랐군."

"힘은 대수가 역시 위인데 데스 나이트의 전투 센스가 대단해."

"그런가?"

"정면으로 붙는 것 같지만 대부분 사선으로 밀어 치거나, 공격을 흘리고 있어."

"그래?"

잘 모르겠다는 듯 말하는 백진을 힐끗 본 도원군이 말했다.

"자네처럼 원거리 공격만 하는 사람들은 당연히 모르겠지만 나와 같은 무인의 눈에는 보이는 법이지."

"그래서 누가 이길 것 같은가?"

"그야 당연히 장대수지."

두말할 필요도 없다는 듯 말하는 도원군을 힐끗 본 백진이 턱을 쓰다듬었다.

그 모습에 도원군이 의아한 듯 백진을 바라보았다.

"왜, 자네는 대수가 질 것이라 생각하나?"

"김호철이 불을 사용하는데 그 불은 나왔나?"

"아직 불을 쓰는 것은 못 봤는데?"

"흠……. 그 불이 대단한데 안 쓸 생각인가?"

"불이 아무리 강해도 이그니스 불만 하겠나."

"하긴 그것도 그렇군."

두 사람이 이야기를 나누는 사이 김호철과 장대수의 싸움은 더욱 치열해지기 시작했다.

부웅!

머리 위를 스치듯 지나가는 장대수의 발차기와 함께 김호철의 몸은 슬쩍 떠올랐다. 피하기는 했지만 다리가 지나가면서 만들어낸 풍압에 김호철의 몸이 뜬 것이다.

그리고 그 틈을 놓치지 않고 장대수의 정권이 김호철의 가슴을 향해 찔러 들어왔다.

파앗!

'걸렸어!'

장대수의 회심의 미소와 함께 찔러 들어오는 펀치.

그리고 장대수의 정권을 향해 김호철의 해머가 휘둘러졌다. 하지만 자신의 주먹이 더 빨랐다.

'늦었다니까…… 어라? 안 닿아?'

닿아야 했다. 분명 완벽하게 거리를 잰 상태. 지금쯤이면 자신의 주먹이 김호철의 가슴에 꽂혀야 했다. 그런데 아직 거리가 남아 있었다. 주먹 반 개 정도가 모자랐다.

'왜?'

타격을 공격으로 하는 능력자인 장대수에게 상대와의 거리를 재는 감각은 필수다. 아무리 강한 힘이라도 상대를 때리지 못하면 아무런 소용이 없다.

정확한 거리 감각과 타점은 위력을 극대화시킨다. 길면 상대를 밀어내고 짧으면 닿지 않는다.

정확하게 거리를 쟀고, 정확하게 주먹을 찔렀다. 그런데 짧은 것이다.

그리고 장대수의 눈에 뭔가가 보였다.

파지직! 파지직!

데스 나이트 등에 솟아난 뇌전의 날개…….

'이 새끼…… 뒤로 날았구나.'

치열하게 치고 박는 중이라 미처 그 생각을 하지 못했다. 김호철은 허공에서 중심을 잡을 수 있는 비행 능력이 있다는 것을 말이다.

생각은 길었고 설명도 길었지만 순식간이었다. 발차기의 풍압에 김호철이 떠오르고 장대수의 주먹이 찔러 들어왔다.

그리고 순간 김호철의 등에 뇌전의 날개가 생기는 것과 함께 뒤로 물러나며 해머를 휘둘렀다.

그 상태에서 장대수의 주먹이 허공을 가격했고 김호철의 해머가 떨어졌다.

'이거…… 아프겠는데.'

생각과 함께 장대수의 머리 위로 해머가 떨어졌다.

쾅!

우두둑!

묵직한 폭음과 함께 들리는 뼈 부러지는 소리에 김호철의 얼굴이 굳어졌다.

'이런! 죽이면 안 되는데.'

그에 놀란 김호철이 급히 해머를 들어 올렸다.

휘익!

그리고 김호철의 얼굴에 안도가 떠올랐다. 해머로 가려져 있던 그 밑에 장대수가 한 손을 위로 올리고 있는 모습이 보인 것이다.

해머가 떨어지기 전 장대수가 손을 들어 올려 가드를 한 것이다.

"괜찮으십니까?"

김호철의 말에 장대수가 잠시 그 자세로 있다가 고개를 숙였다.

그의 무릎이 땅에 닿아 있었다. 잠시 자신의 무릎을 보던 장대수가 피식 웃으며 몸을 일으켰다.

"끄응! 이게 얼마 만에 무릎이 땅에 닿은 건지 모르겠군."

한 손으로 무릎에 묻은 모래를 털어내는 장대수를 보던 김호철이 해머를 막은 손을 바라보았다.

해머를 막은 손은 축 늘어져 있었고 근육이 터진 듯 생살과 피가 흘러내리고 있었다.

"괜찮으십니까?"

"이거?"

장대수가 팔을 힐끗 보고는 손가락에 혀를 발라 피가 난 곳에 발랐다.

"이 정도는 침 바르면 낫아."

그러고는 장대수가 팔을 덜렁거리며 도원군들이 있는 곳으로 걸음을 옮겼다.

"형님들, 구경 잘 하셨습니까?"

장대수의 말에 도원군이 그 팔을 바라보았다.

"괜찮나?"

"뭐 이 정도 가지고. 그냥 두면 낫습니다."

웃으며 장대수가 품에서 귀걸이를 꺼내 귀에 걸었다.

화아악!

그러자 그의 몸에서 은은하게 뿜어지던 파란 기운이 몸으로 흡수되며 사라졌다.

"그나저나 쓸 만한 녀석을 영입하셨군요."

장대수의 말에 도원군이 그를 보다가 말했다.

"이때까지 어디에 있었나?"

"말하면 찾아올 것 아닙니까? 이사 가기 귀찮으니 묻지 마십시오."

"여전히 놀기만 할 생각인가?"

도원군의 물음에 장대수가 웃으며 말했다.

"돈도 벌 만큼 벌었고 하고 싶은 것도 없고……. 그냥 몸

편히 살고 싶습니다."

"그런 대단한 힘을 왜 썩히고 있는 건가!"

버럭 고함을 지르는 도원군을 보며 장대수가 고개를 저었다.

"제가 갖고 싶어서 가진 힘도 아닙니다. 차라리 이따위 힘, 없었으면 좋겠습니다."

장대수의 말에 도원군이 그를 보다가 한숨을 쉬었다.

"아직도 그 일을……."

툭!

도원군의 어깨를 백진이 살짝 쳤다.

"쓸데없는 소리 하지 말게."

백진의 말에 도원군이 한숨을 쉬고는 장대수를 바라보았다.

"미안하네."

도원군의 말에 장대수가 웃었다.

"됐습니다."

말을 하던 장대수가 김호철을 바라보았다.

"동영상 보니까 나가도 몇 마리 데리고 있는 것 같던데."

"나가요?"

"나가 시켜서 물고기라도 몇 마리 잡아 오라고 해. 이왕 바다에도 왔는데 회라도 쳐 먹게."

장대수의 말에 김호철이 바다를 힐끗 보고는 말했다.

"초장도 없는데 무슨 맛으로 회를 먹습니까. 인천에 가서 드시는 것이."

"초장이야 여기 도 형님이 있는데 무슨 문제야. 형님."

장대수의 시선에 도원군이 한숨을 쉬고는 눈을 감았다.

화아악! 화아악!

순간 도원군의 몸에서 하얀 기운이 흘러나오기 시작했다. 그리고…….

화아악!

도원군의 몸이 사라졌다.

"어?"

도원군이 순간이동으로 사라지는 것에 김호철이 주위를 둘러볼 때 장대수가 말했다.

"횟감."

장대수의 말에 김호철이 그를 보다가 나가를 소환했다.

"가서 물고기 좀 잡아 와."

김호철의 명령에 나가들이 바다로 움직였다. 나가들이 바다로 가는 것을 보던 김호철이 문득 장대수를 바라보았다.

"그런데 하늘에서 어떻게 그렇게 움직일 수 있는 것입니까?"

"남자는 이거지."

자신의 물음에 허리를 손으로 가리키는 장대수의 모습에 김호철이 물었다.

"허리?"

"허리를 튕기면서 그 반동으로 힘을 얻는 거야."

"그게…… 되는 것입니까?"

"후! 되니까 하지, 안 되면 하겠어?"

그러다 장대수가 김호철을 바라보았다.

"하지만, 넌 하지 마……."

"저야 하늘을 날 수 있으니 굳이 그렇게 할 필요는 없지만, 그런데 왜 저는 하면 안 됩니까?"

"너 정도면 힘은 충분할 것 같지만 그 힘을 네 허리가 못 버틸 거다."

그러고는 장대수가 땅에 굴러다니는 돌 하나를 주워서는 들어 보였다.

"이게 네 몸이고 내 손이 네가 쓸 수 있는 힘이라 치면……."

우두둑! 후두둑!

장대수의 손바닥에 있던 돌이 그대로 가루가 돼 휘날렸다.

"네 힘을 네 몸이 못 버텨. 뭐, 너야 그 힘의 부담을 데스나이트가 대신 받아내는 것 같지만…… 말을 하고 보니 부럽네."

정말 부럽다는 듯 자신을 보는 장대수를 보던 김호철이 물었다.

"그런데 정말 능력이 힘 하나뿐이십니까?"

"왜 아닌 것 같아?"

"제 뇌전도 주먹으로 때려 부수던데…… 그게 되는 것입니까?"

"되니까 했지."

"어떻게?"

김호철의 물음에 장대수가 웃으며 손가락을 들어 보였다.

"내 능력은 힘. 그리고 자네는……."

손을 들어보라는 눈짓에 김호철이 손을 들었다.

"일단 비행 능력, 몬스터 소환, 데스 나이트와 합체 일단 이 정도만 하면 셋."

김호철의 세 손가락을 들게 한 장대수가 말했다.

"손가락을 세운 차이는 있지만 그 뿌리는 손바닥이지. 이게 무슨 말이냐 하면 모든 능력은 다 마나와 관련이 있다는 거야. 육체 강화 능력자든 자연 계열 능력 발현자든 마나가 없으면 그 힘을 쓸 수 없어. 나는 그 마나를 내 힘에 실어 사용하는 거지."

"아……."

그럴 수도 있겠구나 싶어 김호철이 감탄할 때 도원군이 모습을 드러냈다.

화아악!

빛과 함께 나타난 도원군이 쇼핑백을 건넸다. 쇼핑백 안에는 소주와 마른안주, 그리고 초장과 잔들이 들어 있었다.

"이걸 어디서?"

"집에서 가져왔다."

"집에서?"

"더 묻지 마라. 힘들다."

귀찮다는 듯 손을 젓는 도원군을 보던 김호철이 쇼핑백을 바라보았다.

'순간이동 정말 좋은 능력이구나.'

나가가 잡아 온 이름 모를 생선을 회 쳐 먹으며 김호철들은 소주를 마시고 있었다.

"크윽! 좋다."

소주 한 잔을 마시고 회에 초장을 찍어 먹던 장대수가 도원군을 바라보았다.

"가져오는 김에 상추도 좀……."

"이게 확!"

도원군이 눈을 부라리자 장대수가 웃었다.

"그냥 그렇다는 거죠."

"그냥 처먹어라."

"잘 먹고 있습니다."

웃으며 도원군의 잔에 소주를 따른 장대수가 입을 열었다.

"그런데 형님."

"왜?"

"혹시 사람 몸에서 마나석이 나온다는 이야기, 들은 적 있습니까?"

장대수의 말에 김호철이 의아한 눈으로 그를 바라보았다.

"마나석이 사람 몸에?"

"그게 뭔 소리야? 마나석은 몬스터에게서밖에 안 나와. 그것도 게이트를 통과한 놈들한테만 나오는데."

백진도 그게 뭔 소리인가 싶어 장대수를 바라보았다. 그러다 문득 백진이 도원군을 바라보았다.

"자네? 뭐 알고 있나?"

백진의 물음에 도원군이 소주 한 잔을 마시고는 장대수를 바라보았다.

"그 이야기 어디서 들었나?"

"들은 것이 아니라 제가 봤습니다."

"네가?"

"우리 집 주위에 이상한 놈들이 좀 얼쩡거리길래 이놈들 뭔가 싶어 잡으려고 했는데 한 놈이 죽을 둥 살 둥 덤비는 겁니다. 그래서 어쩔 수 없이 죽였는데……."

잠시 말이 없던 장대수가 입을 열었다.

"느낌이 이상한 겁니다. 마치 몬스터들 죽이고 마나석을 채취할 때와 같은 느낌……. 그래서 좀 찝찝하기는 하지만 그 느낌이 드는 배를 갈랐는데 이게 나오더군요."

장대수가 품에서 호두만 한 크기의 마나석을 꺼냈다.

"마나석……."

장대수가 꺼낸 것은 마나석이었다. 그것도 사람 배 속에서 나온…….

'이게 무슨? 사람 몸에서 마나석이 나오다니?'

to be continued

REBIRTH ACE 리버스 에이스

한승현 장편소설

프로 선수 16년. 코치 6년.

가늘고 길게 평범하게만 살아왔던
특출한 것 없는 야구 인생이었다.

그때 조금만 더 열심히 할걸.
고등학교 시절로 돌아간다면,
정말 좋은 투수가 될 수 있을 텐데…….

후회하며 잠든 그가 눈을 떴을 때,
그는 과거로 돌아와 있었다.

불세출의 에이스가 되기 위한
한정훈, 그의 빛나는 인생이 시작된다!